공직 15년 제조업 37년

공직 公職 15년
제조업 製造業 37년

· 송태진 지음 ·

매일경제신문사

'공직 15년 제조업 37년'을 읽고

崔 光 律

〈전 헌법재판관〉

흔히 인생은 여행길이라고 한다. 그것은 근 100년에 이르는 고난의 여행길이 될 수도 있다. 이 책에 그려진 宋泰鎭 學兄의 인생살이도 참으로 험난한 80여 년의 여행길이었음을 여실히 보여주고 있다.

송형은 6·25 전쟁 직전에 아버지를 여의고, 전쟁 중에는 미군 부대 노무자 생활도 하였고, 수복 후에는 뒤늦게 복학하여 어렵사리 고교 졸업장을 받았다. 몇 차례 낙방 끝에 대학에 진학하고 거의 독학으로 고등고시 사법과에 합격하였다.

그는 1960년부터 육군 법무관, 경주지청 검사, 수원

지청 검사를 거쳐 서울지검 검사를 역임하였고 관세청 감시국장, 부산세관장을 끝으로 공직생활 15년을 마감하였다. 1976년 변호사업을 개업하고 1979년 매일산업회사를 설립하여, 오늘날까지 중견기업인 생활을 이어오고 있다. 공직 15년, 제조업 37년의 험난한 인생살이 여행길을 헤쳐 나오고 있다.

평소에도 보고 느끼는 일이었지만, 이번에 송형이 직접 쓴 자서전을 읽고 새삼 느낀 것은 그의 인생 80년이 너무도 험난한 여정이었다는 사실이다. 그러나 그와 같이 험난한 인생살이에서도 그는 불굴의 의지와 부단한 노력, 그리고 지극한 효심과 솔직한 자세로 멋지고 보람찬 삶을 이어 왔다.

무엇보다 먼저, 그는 '오뚝이(不倒翁)' 같은 인생을 살아왔다고 해도 과언이 아니다. 부친의 별세, 전쟁의 참화, 진학의 실패 등 거듭된 역경 속에서도 그는 불굴의 의지와 부단한 노력으로 이를 극복하였다. 고교 동기생 중에서 가장 먼저, 그리고 경희대 개교 이래 최초로 '고시 합격의 영광'을 이룩하였다.

중, 고교 6년에서 대학 4년에 이르는 청소년기에 그는 누구보다도 굳은 의지로 넘어지면 일어나고, 또 넘어지면 다시 일어나는 오뚝이 같은 자세로 인생 역정을 헤쳐 나왔다. 군법무관 3년, 검사 7년, 관세청 공무원 5년, 변호사 3년, 제조업 37년의 50여 년 생활에서 그가 보여준 불굴의 의지와 부단한 노력은 누구도 따라잡을 수 없는 주옥같은 행적이다.

다음, 그의 자서전에서 시종일관 또 하나의 커다란 감동을 느끼게 하는 것은 그의 지극한 효심, 즉 어머니 사랑이다. 그는 1972년에 스스로 지어서 세운 어머니 묘비에 '못다 한 쓰라림과 미치도록 그리운 마음을 이기고 일어서, 옳고 착한 일을 하며 그 뜻을 이어 가고자 한다'고 적었다.

그뿐만 아니라 그의 자서전은 어머니가 열여덟 살 나이에 시집오는 얘기로부터 시작하여, 1972년 노환으로 돌아가시는 얘기로 끝맺음을 하고 있다. 이 두 가지만 보아도 그의 어머니에 대한 효심과 사랑이 어떠하였는지를 짐작할 수 있다. 그의 사업 성공이나 인간 승리는 모두 이러한 효심에서 비롯된 것이 아닌가 싶다.

끝으로, 그의 자서전을 읽어 가는 동안 또 하나 감명받은 것은 그의 솔직 담백한 독백과 태도이다. 우리가 남의 자서전이나 회고록을 읽고 흔히 느끼는 것은 주인공의 '업적 과시나 자기 자랑'이다. 그러나 이 책에서는 저자의 솔직한 독백과 태도에 놀라움을 금할 수 없다.

그는 이 책에서 국민학교 때에 겪은 교실 배변의 실패담, 고교 졸업 후 두 차례에 걸친 진학 실패담, 세관장 취임 후에 겪은 기강 확립 실패담, 사업 과정에서 겪은 여러 차례의 투자 실패담 등을 솔직 담백하게 털어놓고 있다. 이 얼마나 솔직한 고백이고 진솔한 태도인가. 다른 이의 자서전이나 회고록에서는 쉽사리 찾아보기 어려운 장면들이다.

나는 이 책의 저자인 송태진 형과 고등학교 1년 선후배 사이로 인연을 맺은 이래, 60년이 넘게 끈끈한 교우

관계를 이어오고 있다. 그의 자전적 기록인 이 책을 읽고 느낀 놀라움과 감명은 이루 말할 수 없다.

그의 80년 인생은 참으로 험난한 고행의 연속이었다고 생각한다. 그러나 불굴의 의지와 부단한 노력, 유별난 효심과 솔직한 태도가 오늘의 인간 승리를 이룩한 것으로 믿어 의심치 않는다. 바라건대 송형이 앞으로 남은 인생 여정에서 더욱 건강하고 만사형통하여 끝내 만수무강, 자손 번창의 행운을 이룩하도록 두 손 모아 축원한다.

2015. 12. 24.

이 글을 쓸까 말까 여러 해 동안 망설였다. 이유는 간단하다.

나같이 80 평생을 살아온 사람은 누구라도 지나온 세월에 일어났던 희로애락을 그려 본다면 한 권의 소설, 한 편의 영화가 될 수 있을 것이다. 더구나 우리 세대는 말이다.

그렇다고 내가 빼어난 재주를 가지고 태어났다거나 남이 가져 보지 못한 엄청난 권력이나 재력을 일구어 내어 그 과정을 쓰고자 함도 아니다. 그런 것을 물려받은 것도 이룬 것도 없다.

다만 사농공상(士農工商) 여러 가지 직종을 해 본 경험이 있고 현재 전체 외형 약 2,000억 원, 수출 약 7,000만 달러 정도 하는 중소기업이라 할 수 있는 안정된 기업을 경영하고 있을 뿐이다.

누구나 갖고 있는 욕심이지만 누군가 나의 말을 열심히 들어 나의 존재, 가치를 알아주고 나의 소리에 공감해 주기를 바라는 마음 때문에 이 글을 쓰기 시작했다.

누구나 얼굴 생김생김이 다르듯이 살아온 길이 다른 것도 사실이다. 아버지를 일찍 잃고 일제 치하에서 자랐고 6·25 전쟁을 겪었다. 정변이랄까 쿠데타를 다 보고 느끼며 살아왔다. 그래도 남이 겪지 않은 큰 고통을 이겨 내고 앞이 잘 보이지 않는 길을 내 갈 길이라고 열심히 달려온 것은 어찌 보면 조금은 보통 사람과 다른 면이 있을 것이다.

많이 부강해지고 좋아졌다는 요즘 세상에도 학비가 모자라서 어찌할 바를 모르는 학생, 취직에 자꾸 미끄러져 부모 뵐 면목이 없는 젊은이들, 아직도 일할 수 있는 힘과 능력이 있고 남이 알지 못하는 숨은 재주를 가지고 있음에도 뒷전으로 물러나 있는 은퇴자들에게도 한 가닥 희망을 줄 수 있을 것 같다.

검사, 관세청 감시국장, 부산세관장, 변호사, 중견기업인 등 늘어놓고 보면 멋지고 그럴듯하게 살아온 인생이다.

사람은 이 세상에서 두 번 살 수는 없다. '한 번 사는 세상 그리 힘들게 살 거야 없지 않았나' 하는 생각도 들지만 그래도 돌아보니 열심히는 살아왔다. TV에서 왜 사느냐고 서로 토론하는 것을 보았는데 나는 그런 생각을 할 여유도 없이 오늘까지 뛰어왔다.

괴로울 때면 하느님에게 모든 것을 맡기니 잊어버리게 해 달라고 내려놓게 해 달라고 열심히 기도하였을 뿐이다. 소나무 잎새 하나에도 그를 보호하는 천사들이 있는데 하물며 사람에게는 어찌 도와주는 천사가 없겠는가.

그래서 이것저것 두려워하지 않고 덤벼들었다. 어떤

친구는 컴퓨터에 찍어 놓은 대로 산다고 하는가 하면 한쪽에서는 우물을 파도 한 우물을 파라고 하였는데 아깝다고 하는 친구도 있다.

나는 주위 사람을 크게 의식하지 않고 달리는 말에 채찍질하듯 옆에서 뭐라 해도 충고로 알고 달리기만 했다.

공직 생활 때는 그런대로 잘 넘겼는데 공직을 그만두고 변호사 생활과 기업 운영을 하면서는 여러 번의 실수와 어려운 고비를 무수히 넘겼다. 1997년 IMF 외환위기 때는 앉아도 서도 누워도 걸어도 뛰어도 보았지만 안정과 균형을 잡을 수 없어 정신과에 많은 신세를 졌다.

야구에서 투수가 예상치 못한 커브볼을 던지듯 삶에서도 예상치 못한 엉뚱한 일이 아무 이유 없이 많이 생긴다. 이럴 때 절망하여 주저앉지 않고 '계획은 사람이 세우되 이루는 것은 야훼이시니'라는 성경 말씀을 몇 번이고 되뇌며 염치고 자존심이고 다 덮어 두고 있는 힘을 다해 하는 일에 몰두하였다.

아직도 나는 앞날이 창창하고 할 일이 많다고 착각하며 아침 일찍 출근하여 규칙대로 생활하고 있다. 그러나 지구는 누가 뭐라 해도 0.1초도 쉬지 않고 시속 10만 킬로미터로 태양을 돌고 있다.

가야 할 날이 가까이 온 것만은 확실하다.

고향 선산 양지바른 곳 부모 묘소 옆에 우리 부부가 영원히 쉴 수 있는 자리도 다듬어 놓았다. 그 주위에 감나무 천 그루와 여러 가지 약초도 심어 놓았다. 자리가 잡히면 그곳에서 옛 친구들과 함께 한잔하며 떠들어 댈 것을 약속하며 이 글을 쓰게 된 동기와 독자들에 대한 인사를 대신한다.

| 목차 |

1부

출생 및 국민학교 재학

1

우리 엄마는 열여덟 살 나던 해에 등 너머 이웃 송씨 가문 종손이며, 네 남매 중 맏아들인 스물두 살 총각한테 시집왔다.

송씨 가문은 어디서 이곳으로 흘러왔는지 모르겠으나 나의 증조부 선대에는 그 시대 상황으로는 꽤나 잘사는 집안이었다고 들었다.

조부모가 계셨고 그 조부모 형제로는 2남 1녀가 있었다. 시고모는 선산으로 출가했고, 시삼촌은 24시간 막걸리로 세월을 보내고 있었고, 시아버지는 경한 나병환자였고, 시어머니는 어려서 다쳐 약간 절름발이였다. 그 슬하의 2남 2녀 중 장남인 남편에게 시집온 것이다.

그 시대 생활 방식대로 그 많은 식구들 틈에서 논밭 합해 열 마지기 될까 말까 하는 농토를 갖고 고된 농사일에 밥보다 죽을 먹는 날이 많은 가난한 생활이었다.

남편은 순수한 농사꾼도 아니고 그렇다고 다른 뚜렷한 직업도 없는 어정쩡한 사람이라 의지할 여지가 없어 '시집살이가 이런 거구나' 하고 매일 매일을 낙인지 고생인지조차 느끼지 못하고 해가 뜨면 시부모 섬기고 들에 나가 일하고 밤이면 지쳐 떨어져 잠들곤 했단다.

시집온 다음해 딸(영희)을 낳았으니 일거리가 하나 더 늘어 자기 입에 풀칠하기도 바쁜 때 아기마저 젖을 빠니 배는 얼마나 고팠으며, 몸은 오죽 지쳐 있었겠나? 아버지는 면서기나 읍에 있는 다른 관공서에 취직하려고 준비만 하고 있었으리라 짐작된다.

그 다음해쯤에 내가 배 속에 잉태되고 이듬해 세상에 태어났다. 그해가 1936년이다.

내가 태어난 지 한 달도 안 되어 아버지는 고향을 떠났는데 가까운 대구를 제쳐 놓고 서울로 간다고 하니 엄마는 그때로서는 무슨 의견을 달 수가 없었을 것이다.

아버지가 집을 떠난 후 엄마의 생활은 알 수가 없다. 배는 배대로 곯으면서 남매 키우랴 시부모 섬기랴 농사일 하랴 이루 표현할 수 없이 학대도 받았을 것이고 남편도 없이 많은 시집 식구 속에서 죽을 수가 없어서 살아남았음이 틀림없다.

딱 한 가지 엄마에게서 들은 이야기가 있는데 한번은 내가 열이 많이 나서 온몸이 벌겋게 달아올랐었단다. 한참 안고 있노라니 아이가 숨도 쉬지 않는 것 같아 어찌할 방법은 없고 기적이 일어나길 빌면서, 이불을 콱 덮어씌우고 아랫목으로 밀쳐놓고 나니 눈물밖에 흐르는 게 없어 한없이 울다가 그래도 궁금해서 이불을 들춰 보니 아이가 땀이 흠뻑 흘러 있고 숨을 쉭쉭 쉬었다.

다른 생각할 것 없이 아이 땀을 닦아 주고 젖을 물리니 젖꼭지가 불덩어리 속으로 빨려 들어갈 것 같았는데 그날 밤을 새우고 나니 아이가 정상으로 돌아왔다고 한다. 이 이야기를 들려주면서 "죽은 줄 알았던 네가 이렇게 커서 공부를 열심히 하고 있으니 이것이 하느님의 은총이 아니냐?"고 애처로이 나를 쳐다보며 말씀하시던 엄마의 모습이 기억에 남아 있고 그 모습이 그립다.

모를 일이다. 이불을 덮어 아랫목으로 밀쳐놓지 않았던들 나는 지금 이 글을 쓸 수 있었을까? 아마 나이든 사람들은 이와 유사한 경험을 다 갖고 있을 것이다.

그리고 그 이듬해 나를 안았는지 업었는지 여비를 마련해 어떻게 낫 놓고 기역 자도 모르는 엄마가 청리역(지금 상주 밑)에서 김천을 거쳐 서울행 기차를 탔다고 한다. 내 위에 나이가 다섯 살밖에 안 된 누님이 있었는데 그것을 떼어 놓고 나만 달랑 업고 떠날 때의 쓰리고 아픈 마음이야 오죽했을까. 산골짜기에서 태어나 그 고을을 한 번도 벗어나 본 일이 없는 촌 아줌마가 남편을 찾아 나서기로 결단을 내린 것은 지금 나로서는 상상하기조차 어렵다.

서울에서 어떻게 아버지를 찾았으며 어디에 살았고 어떻게 살았는지조차 모른다. 다만 내 기억을 더듬어 보면 영하 20도 가까이 가는 모진 추운 겨울날 엄마는 나에게 젖을 물리고 이불을 머리 위까지 둘둘 감아 그 추위를 견뎌 냈다.

어렴풋이 스친 기억에 그곳이 어디인가를 60세가 넘어서 더듬어 보니, 지금의 신당동 동화극장 앞으로 흐르는 실개천이 있었는데 긴 나뭇가지를 얼기설기 엮어 냇가에 걸치고 판자때기 위에 장판을 깔고 널빤지로 벽을 친 판자촌이었을 것이다. 지금은 포장도로로 그 개천을 복개해서 안 보인다.

어느 날은 엄마가 나를 붙들고 큰 신작로를 한 시간쯤 걸어가다 왼쪽 길로 들어서니 와자지껄하는 시장이 나왔다. 얼마큼 걸어가니 아버지가 판때기 위에 옷가지를 놓고 우리가 옆에 있는지도 모르고 "떨이입니다. 싸고 좋습니다"라고 소리치는 모습을 본 것이 이놈의 서울 생활 시작에 대한 기억이다.

어떻게 돈을 마련하셨는지 무엇 때문에 동대문을 지나 청량리에서도 한참 떨어진 회기동(현 경희대학교 앞)으로 이사 왔는지 나는 모른다. 신당동 실개천 판자촌을 떠나 회기동으로 온 것이 다섯 살이나 여섯 살 때인 것으로 기억한다.

회기동 집은 옛 우리나라 농촌 집과 똑같았다. 그럴 수밖에 없는 것이 아마 내가 철들기 전까지는 회기리였으리라 짐작된다. 그 당시에는 동대문구에 창신, 종암 그리고 청량국민학교밖에 없었고 행정구역도 청량리밖이니 회기리였을 것이다.

집은 그야말로 초가삼간이었다. 방 세 개에 마루, 부엌 하나씩 그리고 창고가 있었고 담 밖으로는 100여 평 되는 밭이 딸려 있었다. 그러나 초가삼간이긴 해도 판자촌과는 비교가 될 수 없었으니 엄마와 아버지는 구중 궁궐에 들어온 기분이었을 것이다.

아버지는 그곳에서 먹고살기 위해 사는 집에서 좀 떨어진 곳에 땅을 얻어 돼지를 이삼백 마리 기르셨다. 신당동 중앙시장 바닥에서 그런대로 번 돈으로 회기동으로 이사를 왔고 돼지도 많이 길렀으니 생활은 꽤 안정되었으리라.

어느 날은 아침 일찍 돼지 키우는 데 가서 아침을 주고 오셔서 "이놈의 늑대 때문에 큰일 났어. 밤에 내려와

서 돼지 여러 마리를 잡아먹고 돼지우리도 여러 개 부
숴 버리고 갔어” 하시면서 깊은 한숨을 쉬고 걱정을 하
셨다. 지금의 경희대 앞은 그 당시는 늑대가 내려올 만
큼 깊은 산속이었다. 그날따라 일요일이었던가 나도 아
침을 먹고 아버지를 따라 돼지 먹이는 곳으로 가봤더니
돼지우리가 많이 부서졌고 돼지를 잡아먹고 남은 부분
이 여기저기 흐트러져 있었다.

아버지는 돼지 키우는 것이 장사가 안 되었는지 얼마
안 가 돼지 먹이는 것은 마감하고 말을 두 필 사고 사람
을 한 명 채용하여 용달업을 하셨다. 우리 누나도 서울
로 올라와 네 식구가 살았는데 모두 한방에서 잤다.

그러던 어느 날 자고 있는 나를 깨우시더니 힘없고
슬픈 음성으로 “말이 한 마리 쓰러졌어”라고 하셨다.
놀라 깨어서는 ‘말이 쓰러졌는데 왜 이렇게 슬퍼하실
까’ 생각하며 아버지를 쳐다보는 순간 어린 마음에도
살길이 막막할 정도로 어려운 일이 닥쳤음을 알 수 있
었다.

말은 쓰러지면 다시는 일어서지 못하니 한번 쓰러지면 없어지는 것과 다름없다. 말 두 필을 가지고 용달을 해 나오는 수입으로 네 식구가 처음으로 재미있게 살던 때였을 것이다.

그 동네는 안동 김씨 양반 형제가 종도 두고 이리 오너라 하면서 떵떵거리고 사는 부류와 청량리로 가는 길가에 이발소 또는 약방을 하는 부류의 사람들이 엉켜 사는 아주 조용한 서울 변두리 촌이었다. 우리 집은 그중에서도 하류층에 속했다. 하루 세 끼 겨우 먹고 사는 선량한 백성에 불과했다.

얼마 후 아버지는 금융조합에 취직을 하셨는데 어떠한 경로로 그 일을 하게 되셨는지 알 길이 없다. 어느 날 나를 금융조합에 데려가서 구경을 시켜 주셨는데 지금의 숭례문에서 힐튼호텔 가는 방향에 위치한 2~3층 되는 건물이었다. 그 당시로는 큰 건물이었고 70여 년이 지난 지금도 남아 있어 지나는 길에 그 건물을 보면 엄마, 아빠 생각이 나 가슴이 메어온다.

그런대로 아버지는 버릴 것과 지킬 것을 빨리 판별하신 것 같다.

100평 남짓한 텃밭에 봄이면 상추, 고추, 파 심고 여름이면 무, 배추 심어 가을 김장을 정성껏 맛있게 담갔던 그 시절 그때가 엄마에게는 가장 행복했던 시절이었으리라. 누구나 행복할 때 행복감을 분명하게 못 느끼는 법이다. 서로 주고받을 틈도 없었지만 지금 소통할 수 있다면 그때가 참 행복했었다고 말씀하실 것만 같아 그곳을 다시 찾아가 본다.

옛일 회상을 해 보고 아버지, 엄마가 보고 싶기도 하여 70여 년 전에 살았던 경희대 앞 회기동 집을 찾아가 보았다. 10년이면 강산이 변한다는데 7번이나 강산이 뒤집힌 옛집을 찾는다는 것은 크게 어리석은 짓이었다. 어디가 어딘지 모르게 변하였는데 지명만 여전히 회기동일 뿐 집 옆으로 흐르던 실개천도 찾아볼 수 없었다. 다만 내가 다녔던 청량국민학교는 남아 있는데 그것도 2층으로 넓혔고 어린 시절 뛰어놀던 운동장은 훨씬 좁아진 듯이 보였다. 천지가 변하여 어디가 어딘지 분간을 할 수 없고 살던 집도 다른 건물로 꽉 채워져 옛 모습을 찾을 수가 없어 안타깝다.

그러다 여덟 살 때 청량국민학교에 입학했다. 처음에는 엄마의 손을 잡고 동회를 지나 잘록잘록하면서 자두밭을 열심히 가꾸던 종한이 어머니를 보며 학교 정문으로 들어가곤 했다. 어려서 생활 걱정도 없었고, 이웃에 양반 행세하며 잘사는 집도 있고 했으나 그렇게 부럽게 느끼지 않으면서 학교 다니다 보니 어느새 3학년이 되었다.

3학년 되던 해에 아이들이 급장으로 뽑아 주었다. 어느 날은 아랫배가 좀 아팠는데 약 사 달라는 말도 못 하고 등교했다. 조회 시간에 선생님이 들어오시길래 급장이니까 차렷하고 경례해야 돼서 자리에서 일어나 간신히 아픈 배를 추스르느라 힘을 주다 보니 그만 아래에서 변이 주르르 새는 망신을 당했다.

아버지가 금융조합에 다녀서 받은 월급으로 생활은

어렵지 않게 지냈다.

가끔 B29라는 비행기가 나타나서 긴 연기를 뿜고 지나가곤 했는데, 어느 날 아버지는 환희에 가득 찬 표정으로 "이야아, 해방이 되었단다!"고 외치셨다.

집에서 동대문까지 뛰다시피 단숨에 가는데 거리에서는 모든 사람이 "독립 만세"를 부르며 야단이었다. 우리도 따라서 "독립 만세"를 부르면서 동대문 바로 옆에 이르렀을 때 그야말로 거리는 사람으로 인산인해를 이루어 세상이 떠나갈 듯이 "대한 독립 만세"를 외쳤다.

아버지도 내 손을 잡고 펄쩍펄쩍 뛰시면서 그렇게 열정적으로 만세를 부르는 것은 처음 보았는데 어린 마음에도 '아버지의 참모습이 바로 이런 거구나' 하고 느꼈다.

어렴풋이 알긴 했지만 이렇게까지 독립이 모든 사람의 염원인 줄은 어려서 잘 몰랐다. 점심도 굶고 몇 시간을 한자리에서 만세를 부르다가 아버지께서 그만 가자고 하셔서 동대문을 빠져나오니 그때서야 배가 고팠다.

아버지께서 "너 배고프제" 하시면서 살펴보아도 요기할 곳은 안 보였고 빵집 앞에 줄을 서서 빵을 사서 사이다와 같이 먹었다. 그게 어제 같은데 70년 전 일이다.

워낙 사람이 많아 전차는 탈 수가 없어 아버지의 손을 잡고 청량리까지 걸어오는데 그렇게 재미있고 신바람 날 수가 없었다. 청량리에 오니 중량교 가는 역마차 타는 곳에 사람이 줄을 섰기는 하나 곧 탈 수 있을 것 같아 역마차를 타자고 하시기에 말이 끄는 역마차를 타고 회기동에 내려서 집에 들어갔다.

어머니께서 "아이를 끌고 어디 갔다 이렇게 늦게 들어오느냐"면서 반기셨다. "동대문에 가서 독립 만세를 하루 종일 불렀고 참 신났다"고 했더니 "배고플 텐데 어서 저녁 먹자"고 하셔서 네 식구 둘러앉아 맛있게 저녁을 먹고 곯아떨어졌다.

해방이 되어 즐겁고 행복한 세상이 될 줄 알았는데 아빠, 엄마의 표정을 보니 마냥 즐겁지만은 않았던 것 같다. 아버지가 다니던 금융조합은 일본 사람들이 경영하던 것이라 일시적인지는 몰라도 출근을 잘 하는 것 같지 않았으며 있는 것 가지고 네 식구 생활은 이어가는 것으로 느꼈다.

여름방학이 지나 9월에는 학교를 가게 되었다. 학교는 영 분위기가 달랐다. 전교생이 운동장에서 조회를 할 때 일본 국가인 기미가요를 안 부르고 간단히 맨손체조를 하고 교실로 들어갔다. 일본어로 공부하는 것은 사라지고 한글로 공부를 해야 되는데 교과서가 마련되지 않아 산수, 음악, 미술 등을 배우다가 3학년을 끝내고 맞은 그해 겨울은 지금보다 훨씬 추웠던 것 같다.

살을 베는 듯한 겨울이 지나고, 4학년이 되어 학교를 가니 친구들도 서로 반이 달라지고 선생님들도 많이 바뀌어 있었다. 그제야 겨우 한글책이 나와 한글로 공부하게 됐을 뿐 아니라 선생님도 우리말로 가르치고 계셨다.

어느 날 방과 후 집에서 저녁을 먹은 후 얼마 지나지 않아 아버지가 무엇이 잔뜩 든 큰 가방을 메고 들어오셔서 안방에 내려놓으며 아주 즐거워하셨다.

그게 모두 돈이었다. 저녁을 잡수신 후 그 큰 가방에 든 돈을 어머니하고 정리하는 것이었다. 훔쳐 올 데도 없고 훔쳐 올 위인도 아니고 해서 물끄러미 보는데 "윗집에 사는 고 씨가 미 8군에서 나오는 쓰레기를 맡아서 처리하라고 했는데, 쓰레기라는 것이 몽땅 돈이 되었다"고 하시면서 "왜 돈이냐 하면 박스에 금이 가거나 물품에 조금이라도 손상이 가면 한강 모래사장에 둘러쳐 놓은 철조망 안에 전부 갖다 버린다. 그게 쓰레기가 아니고 일본 식민 치하에서 굶주린 우리 시민들에게는 세상에서 제일 좋고 처음 보는 먹을거리다"라고 말씀하셨다. 즉 시레이션(C-Ration)이었다.

"그게 우리에게 돌아왔느냐" 하였더니 "윗집 고 씨가 미 8군 하지 중장 수석 통역관이다. 그분하고 아주 친한 경동고등학교 독일어 선생이시고 고종 황제 누님의 아들인 이웃집 김성규 선생한테 부탁해 그 쓰레기를 우리가 받아서 거기서 번 돈을 삼등분하자고 하였다. 그럼 내가 고 씨한테 이야기해 보시겠다고 하여 그것이 성사되어 하루 나온 쓰레기를 파는데 하도 바빠서 들어온 돈을 어찌할 수가 없어 큰 가방에 막 집어넣은 것"이라고 말씀하셨다.

몇 시간을 정리해 삼등분하여 방 한구석에 놓아두고 잤는데 아버지는 아침 일찍 일어나서 두 보따리를 들고 나가시더니 어디다 주고 오셨다. 아버지가 나가신 지 얼마 안 되어 고 씨 집 앞에서 김 선생께서 "고 선생"하고 부르시는 것을 들을 수가 있었다. 아버지는 두 보따리를 들고 이웃에 사시는 김 선생에게 가져다주시면 김 선생은 한 보따리를 고 씨에게 전달해 주는 것이라고 들려주셨다.

그리하여 우리 집은 부자가 되어 연평도에서 조기 잡는 배를 삼십 척 사셨다고 하셨고, 얼마 후에 나를 마포 포구(지금 여의도와 마포 사이가 고기잡이배 포구였다)로 데려가 연평도까지 가서 조기 잡는 것을 보고 조기 잡는 배를 타고 돌아온 일도 있었다. 또 하루는 창경

원 구경 가자고 하셔서 따라나섰는데 전차를 타고 동대문에서 내려서 종로3가에 있는 상가를 가리키며 "저 가게들이 대부분 우리 것"이라고 말씀하셨던 것이 지금도 귓전에 들리는 듯하다.

그렇게 독립이 왔고 우리 가정에도 큰 행운이 와 있었다.

고향 할아버지, 할머니 귀에도 아버지가 돈 많이 번다는 얘기가 어찌 안 들어갔겠는가. 어쩌면 아버지가 나에게 들려주었던 것과 같이 시골 가족들에게 알렸을지 모를 일 아닌가? 농사짓는 작은아들인 삼촌 때문에라도 할아버지, 할머니는 서울에 와서 시골로 돈을 가져가셨을 것이다.

지금 생각하면 어느 쪽이 옳았는지 모르겠는데, 우리 어머니는 어린 두 남매를 판자촌에서 폭풍 설한을 이겨내며 길렀고 목판에 옷가지 몇 개 놓고 팔아서 입에 풀칠이나 겨우 했던 사람이 돈을 조금 모았다고 해서 누구에게 나누어 줄 수는 없다는 생각이 머릿속에 꽉 차 있었을 것이다. 그래서 어머니는 아버지의 심정이나 할아버지, 할머니 생각에 동의할 수 없었을 것이다. 그러나 돈이 여유가 있으면 어찌 되었든 시골로 좀 가져가야겠다는 욕심을 할아버지, 할머니도 포기하지 않았을 것이다.

초가집이 그래도 좀 넓어서 안방, 건넌방, 대문 옆에 사랑방이 있었는데 할아버지, 할머니는 시골에서 올라오셔서 사랑방에 기거하셨다. 정도 많고 효성도 지극하셨던 아버지는 마냥 즐거워하셨고 어머니는 시부모가 와 계시는 것이 몹시 못마땅했다.

그때가 국민학교 5학년쯤 되었을 나이였는데 그 신념과 집념의 대결을 바라보고 속을 태웠을 60년 전 아버지를 생각하면서 상념에 잠길 때가 가끔 있다.

2

　이따금 시골서 올라오신 할아버지, 할머니의 무언의 압박과 아버지의 생활에 대한 불만으로 생각보다는 평화롭지 못하였으나 여전히 풍족하였고 학교에서는 친구들이 뽑아 주어서 반장을 계속 하였다. 운동장이 넓어 운동을 열심히 했는데 특히 축구를 많이 했고 공을 요리조리 잘 몰고 빠진다고 '발발이'라는 별명이 붙었다. 국민학교 친구들은 지금도 어쩌다 만나면 별명을 부르기도 한다.

　해가 바뀌어 학제가 달라지고 중학교 들어갈 때가 되자 용두동에 있는 서울사대부중학교를 지원하여 합격하였다. 엄마 젖을 열한 살까지 빨았기 때문에 아버지, 어머니와 한방에서 같이 잤다. 어느 날은 아버지, 어머니가 소곤거리는 소리가 나서 깨어 가만히 들어 보니 엄마가 아버지에게 "가시밭이 천리라도 나는 당신 따라

갈 거야"하고 애교랄까, 아양을 떠는 것이었다. 그때 우리 엄마의 마음을 더듬어 생각하니 '나는 당신을 지극히 사랑하니 시골 생각은 잊고 어린 남매와 나만을 사랑하며 살아가자'는 뜻이었던 것 같다.

서울사대부중에는 거의 천재에 가까운 공부 잘하는 친구들이 있었기에 나도 따라서 열심히 하였다. 그 당시만 해도 청량리가 전차 종점이어서 나는 아주 바쁜 날을 제외하고는 회기동에서 학교가 있는 용두동까지 걸어 다녔다. 주머니 아니면 가방에 철철이 대추, 사과, 배, 포도 등 과일을 넣고 그것 먹으며 걸어가면서 소설도 많이 읽었다.

학교 가서 공부하고 걸어 다니면서 과일 먹고 소설 읽는 재미에 빠져 나로서는 그럴 수 없이 재미있는 시간을 보냈는데 그러던 중 청천벽력 같은 일이 일어났다.

자다가 웅성웅성하기에 깨어 보니 못 보던 간호복을 입은 사람이 보였다. 엄마는 혼이 나간 사람처럼 무엇을 어떻게 할지 모르고 마루에 나갔다 방에 들어와 아버지를 들춰 보고는 부엌으로 나가 정화수 떠 놓고 빌기도 하다가 아버지 옆에 앉아도 보고 만져도 보았지만 아버지는 요지부동이었다.

언제 어디서 왔는지도 모르는 간호복을 입은 아줌마는 "끝났어요" 하면서 아버지를 요에 누운 채로 윗목으로 끌어다 놓고 갖고 온 흰색 천으로 덮어 버려서 내가 소리를 쳤다.

"우리 아버지를 왜 그렇게 하는 거야!"

그게 내가 본 우리 아버지의 마지막 모습이었다. 나중에 알았지만 심장마비였다고 한다.

날이 환하게 밝아지니 동네 사람들이 모이고 하는데도 어머니는 혼비백산 상태로 어찌해야 할지 모르고 넋나간 사람처럼 하늘만 쳐다보고 있었다. 저녁때쯤 시골서 삼촌과 아버지 친구가 올라오셨는데, 삼촌께서는 아버지를 덮은 흰색 천을 들치고 얼굴을 보시고는 까무러치고 말았다.

그때까지 우리 엄마는 울 수조차 없었는지 천장만 바

보처럼 물끄러미 쳐다보고만 있었다. 나는 죽고 사는 것이 무엇인지 나에게 앞으로 닥칠 불행이 어떤 것인지 생각할 겨를도 없었고 혼비백산이 된 엄마만 무엇인지 모르게 불쌍했다. 그래서 열다섯 살이나 된 놈이 엄마한테 가서 안겨만 있었다.

일은 벌어졌으니 절차는 진행되어 아버지를 고향집 우리 산으로 모신다고 하였다. 그게 1950년 4월 초였다.

조그마한 영구차에 아버지를 모시고 우리 남매 그리고 삼촌과 같이 온 아버지 친구 분만 탔다. 엄마도 타시려고 하시길래 내가 극구 말렸다. 며칠간 먹지도 자지도 못한 엄마가 그 먼 곳까지 같이 가는 것은 너무 안타까운 일이어서 죽자 하고 엄마 타는 것을 저지했다. 엄마는 내가 안쓰러워서인지 내 말대로 같이 가는 것을 포기하였다. 영구차가 떠나는데 동네 사람들에게는 구경거리일 수밖에 없었지만 나는 손을 흔들면서 무슨 여행이나 떠나는 것처럼 우리 엄마 좀 잘 봐주시라고 울부짖었다.

차는 달리기 시작했다. 때는 4월 중순이니 진달래, 개나리가 서울 근처에서는 막바지였으나 충주, 장호원, 수안보를 지나 문경새재에 들어서니 철쭉이 만개해 온 산이 붉게 물든 것처럼 보였다.

요 근래에도 부모님과 조상님 묘소를 돌보느라 상주에 가끔 간다. 올해는 구길 문경새재를 넘겠다고 마음먹었는데 고속도로에서 지나쳐서 문경 시내만 돌고 왔다. 내년에는 충주든 장호원이든 들어가서 철쭉꽃 만발한 문경새재를 넘으며 열다섯 살 그 시절로 돌아가 볼 생각이다.

상주 고향 마을을 이리저리 돌아 들어가니 증조할아버지, 할머니, 할아버지는 물론 온 동네가 울음바다가 되었다. 많은 사람이 모이고 모두 슬퍼하면서 나를 쓰다듬어 주기도 하니 내가 곧바로 무엇이 크게 성공한 것 같은 감정이었으나 한편으로는 서울에 두고 온 엄마가 그립고 한없이 서글펐다.

그 당시 관습대로 나는 굴건제복을 입었고 상여에 아

버지를 모셨다. 상여를 멘 동네 아저씨들은 선창에 따라 무슨 노래인지를 부르며 미리 정해 놓은 산소 자리까지 올라갔다. 나는 어른들이 시키는 대로 "아이고~" 하며 허리를 굽히고 올라가는데 왈칵 눈물이 쏟아지며 처음으로 슬퍼지기 시작했다. 그때까지는 여행 온 기분이었는데 이제 사랑하는 아버지를 산에 묻으러 가고, 그리되면 아버지와는 영원한 이별이라는 것을 처음 깨달았고 '우리 엄마가 불쌍해서 어떻게 하나' 생각하니 점점 슬퍼졌다.

요새는 그런 풍습이 농촌이고 도시고 없어졌지만 산에 매장하고 내려오면 저녁에는 애쓰신 분들에 대한 감사의 표시로 술판이 벌어졌는데, 나는 또 순간적으로 그 분위기에 빠져들어 슬픈 감정이 사라지고 잔칫집 같은 기분을 느꼈다.

그때 마침 동네 아저씨가 맏상주 인사를 들어야 한다며 마루 위에 세우더니 이야기 한마디 하라고 하였다. 학교에서 급장 하던 버릇도 있고 장래 꿈이 무엇이냐고 할 때 말했던 것도 떠올라 그때와 똑같이 "열심히 공부하여 높은 사람이 되어 세계 평화를 이루는 데 이바지하겠다"고 하니 모인 동네 사람들이 "와~" 하고 손뼉을 치던 기억이 새롭다. 아버지가 돌아가시면서 불어닥칠 후폭풍이 얼마일지도 모르면서, 참 어리고 순진하기만 한 모습에 손뼉 친 동네 분들의 그 박수가 그냥 박수가 아닌 인간적인 아픔이었을 것이라고 이제야 새삼 깨닫게 된다.

고향을 떠나 서울 집에 도착하였다. 일이 일어난 후 울 겨를도 없어 눈물 한 방울도 흘리지 않던 엄마가 우리 남매를 덥석 안고 소리 내어 막 우는데 셋이서 같이 엉켜 울다가 엄마가 먼저 멈추면서 "얼마나 힘들었니. 할머니, 할아버지는 얼마나 슬퍼하셨으며 너의 아버지는 송골 뒤 우리 산 어디에 묻고 왔니?"라고 물으시는데 다시 눈물이 쏟아지고 목이 메어 말을 제대로 못 하였다.

슬픔 속에서도 언제나 엄마를 생각하면서 우리 남매

는 학교를 가기 시작했다. 아버지 없는 가정이니 텅 비어 있는 집 같은 느낌이었지만 아버지가 벌어 놓으신 현금이 많아 경제적으로는 특별한 걱정 없이 지낼 수 있었다.

다만 번 돈으로 마포부두에 조기 배 삼십 척을 사 두었고 종로 쪽에 상가도 사 놓으셨다고 아버지가 말씀하셨기에, 어머니는 그것을 찾으시려고 여기저기 물어보았지만 서류로 된 물증은 아버지만 알고 계셨기 때문에 아무도 아는 사람이 없었다. 우리 남매는 어렸고 어머니는 집안 살림만 하셨지 바깥세상은 전혀 모르실 뿐만 아니라 한글도 깨우치지 못한 분이었기 때문에 속수무책이었다. 어머니는 그야말로 아버지가 피땀 흘려 버신 돈인데 내가 못나서 그것을 챙기지 못한다고 하시며 탄식하시곤 하였다.

아버지를 고향 산에다 묻고 돌아와서 '어머니는 어머니대로 얼마나 외로우셨으며 앞날이 걱정되셨을까'하는 생각을 하면서도, 한 시간 걸어서 학교 가고 학교 가면 공부하느라 어머니와 집안 걱정은 할 사이가 없었다. 그래도 문득 어머니 얼굴을 쳐다볼 때면 '어머니는 나만 믿고 슬픔과 고독도 이기고 살아가실 텐데, 공부 열심히 해서 성공해야 어머니에게 다소 위로가 될 것이고 그게 내가 할 수 있는 최선의 길일 것이다'라고 다짐하곤 하였다.

그러던 어느 일요일, 모처럼 이문동에 사는 친구 정석원 집에 놀러갔다. 그 집은 당시로는 재력가여서 마당 가운데 큰 연못이 있고 연못 옆에는 정자도 있었다. 그 친구와 둘이서 그곳에 앉아 바둑을 두는데 북쪽인 의정부 쪽에서 대포 소리 같은 것이 쿵쿵 하고 들렸다. 라디오를 가져다 10시 뉴스를 들어 보니 오늘 새벽에 북한 인민군이 탱크를 몰고 쳐들어왔는데 이미 동두천, 의정부는 점령되었다는 것이었다.

나는 눈앞이 번쩍 하는 것 같은 충격 속에 집으로 뛰어와서 어머니와 누나에게 이야기하였더니 이미 뉴스를 들은 눈치였고 앞으로 전개될 상황에 대해서는 알지도 못하고 그저 멍하게 앉아 지켜볼 수밖에 없었다.

이틀 뒤에는 퇴계원 쪽에서 인민군이 붉은 기를 꽂고 탱크를 몰면서 시민들의 환호 속에 회기동 가운데 큰 길을 지나가고 있었다. 우리는 집안에 기둥이 넘어가고 없는데 정부도 뿌리째 뽑히는 느낌이었다. 그나마 아버지가 벌어 놓으신 현금 보따리가 있기 때문에 세 식구 밥 먹는 걱정은 없었던 것이 다행이었다.

그 후에 한강 다리도 끊기고 이승만 정부는 대전으로 후퇴를 했고 대전에서도 밀려 대구로 갔다가 부산에 자리 잡았다는 뉴스를 들었다. 우리는 어떻게 되는 건지 누나에게 물었다. 누나는 나보다 세 살 더 먹었으니 철이 좀 들어서인지 넋 잃은 사람처럼 있었다.

학교도 관공서도 모두 인민군에게 장악되어 반동분자라는 이름으로 없애 버린 사람도 많았고, 명망가는 붙잡아 전부 손을 묶고 길게 달아 미아리 고개를 넘어 처참하게 끌고 가는 모습을 무수히 보았다. 만일 우리 아버지가 살아 계셨더라면 무슨 일이 일어났을까? 순간순간 그런 생각이 내 머리를 스쳐 지나갔다.

그런 일들이 그해(1950년) 7, 8월 서울에서 벌어졌다. 하늘 높이 B29라는 비행기가 하얀 줄을 뿜으면서 지나가는데 서울에 폭격은 하지 않았다.

나는 어려서 공산주의며 인민군이며 민주주의며 국군이며 왜 탱크를 몰고 들어오고 한강 다리가 폭파되며 훌륭한 사람들이 묶여 끌려가는 것인지 그 당시로서는 확실히 몰랐다. 사람들을 인민재판이라고 쏴 죽이고 묶어 가고 하는 것을 보면서 인민군이 쳐들어오기 전에 평화스러웠던 세상이 빨리 되돌아왔으면 하는 생각만 간절하였다.

9월이 되면서 B29는 더 자주 하늘에 연기를 뿜으면서 지나갔고 얼마 후 인천에서 상륙작전이 시작되었다면서 영등포 쪽에서 대포 소리가 요란하게 들렸다. 저녁 때 친구들하고 홍릉산 꼭대기에 올라가 보니 인천 쪽에서 불이 번쩍번쩍 하면서 요란한 소리가 나기에 '아, 저것이 인천상륙작전이구나' 하고 알게 되었다.

그뿐만 아니라 홍릉 뒷산에도 폭탄이 떨어지는 소리가 들려서 우리 세 식구는 서울에서도 전쟁이 나겠구나 싶어 겁이 났다. 엄마는 사랑채의 빈 창고에 땅을 파고 나무 작대기 비슷한 것을 얼기설기 얹고 그 위에 이불을 두 개 덮어 놓았다. 대포 소리가 나면 그 속으로 들어가 셋이 쭈그리고 앉아 있었는데 우리 바로 옆으로 비행기가 기총소사를 하고 지나가는 것이었다.

또 잠깐 나와서 홍릉산 쪽을 보니 국군과 인민군이 육탄전을 하며 쓰러지고 도망치고 있었다. 밤에는 어디서 나타났는지 인민군 수백 명이 우리 동네로 몰려와 여러 집에서 밥을 해 먹고 그 이튿날 새벽에는 어디론가 떠나곤 하였다.

이런 총탄, 포탄이 오고 가는 전쟁 한복판에서 한 열흘간을 보냈는데 어느 날인가 회기동 큰길 쪽에서 만세 소리가 들려와서 나가 보니 국군이 서울을 수복하였다는 것이었다. 큰길 거리에서 처음 보는 미국 군인이 탱크를 몰고 지나가면 사람들이 만세를 부르곤 하였다.

우리 세 식구는 일가친척이 이웃에 있는 것도 아니고 가문이 번창해 누구에게 도움을 받을 수 있는 입장도 아닌 데다 우리는 어리고 엄마도 학식이나 사회 경험이 전혀 없는 청상과부였다. 어떻게 하면 좋은가 고민만 하다 보니 어느새 한 해가 저물며 추운 겨울이 닥쳐오고 있었다.

동네 사람들은 뒤숭숭한 분위기였고 인민군이 또 쳐들어온다는 소식이 들렸다. 북쪽에서 피난민들이 밀려 내려오고 이웃 동네에도 보따리를 싸 들고 남으로 내려가는 사람들이 늘어나기 시작하였다.

우리 세 식구도 우리를 구하러 상주에서 올라오신 삼촌과 함께 이불 두세 개, 쌀 한 포대, 반찬거리 등을 리어카에 싣고 얼음이 비교적 두껍게 언 뚝섬 쪽 한강을 건너 중부내륙 길을 따라 700리 길 상주로 피난길에 나섰다.

앞으로 무슨 일이 일어날지 어떤 어려움, 어떤 불행이 올지도 모르면서 한편으로는 어린 마음에 재미있기도 하였다. 그러나 어머니 얼굴에는 걱정이 가득한 기색이 역력했고 하루 70~80리 길을 걸은 피로함 때문에 어딘지도 모를 길 옆 동네 집 마루를 사정사정 빌려 하룻밤을 잤다. 이튿날 아침은 얻어먹거나 아니면 쌀을 주고 밥을 얻어먹는 형태로 끼니를 때우고 걸음을 재촉하였다.

닷새가 엿새 만에 그 무서운 세찬 바람 속에 몇 달도 안 되어 문경새재를 다시 걸어서 넘어가게 된 것이다. 아버지 영구차를 타고 지난봄에 넘었을 때는 그렇게 찬란하고 화려하게 피었던 철쭉꽃도 온데간데없고 주인 없이 피난 가는 세 식구의 가슴에 세찬 바람만 파고들었다.

7일쨴가 8일째 되던 날 증조할아버지, 할아버지, 할머니가 살고 계시는 고향집에 도착했다. 그런데 이게 어떻게 된 일인가. 예전 열 살 전후해서 방학 때나 무슨 때에 고향에 찾아오면 할머니는 버선발로 뛰쳐나와 반가워하셨는데 700리 길을 걸어서 고생고생하며 피난

온 우리 세 식구를 고향집 할아버지, 할머니는 그리 반기는 기색이 아니었다. 콩잎 보리죽 한 그릇씩 얻어먹고 너무 고단하여 어느 방에서 잤는지도 모르고 곯아떨어져 자고 말았다.

이튿날이 밝았다. 할아버지, 할머니 눈치를 살피게 되었는데 도착한 그 전날과 별다름이 없었고 그날부터 피난살이가 시작되었다. 아침저녁은 콩잎 죽이었고 점심은 꽁보리밥이었다.

남자 사촌 동생들은 얼마 떨어지지 않은 곳에 있는 국민학교에 가고 다른 식구들은 논으로, 밭으로 일 보러 나갔다. 어머니는 가지고 온 보따리를 챙기고 정리를 하셨는데 그 심정인들 오죽하였겠나 생각할 때 가슴이 메어지도록 아프다.

사촌 중에 좀 온전치가 않은 동생이 있었는데 어머니는 그 아이를 돌보기 시작했고 며칠 후부터는 밤에는 그 아이를 끼고 자고 낮에는 다른 식구들과 같이 들에 나가셨다. 누나는 부엌일을 시작했고 나는 소를 몰고 풀 뜯기러 산을 돌아다니는 일이 반복되었다.

시간이 지나다 보니 동네 또래들과도 친하게 되었는데 서울 놈이라고 하여 꽤나 대접을 해 준 것 같다. 저녁 먹은 후에는 동네 한가운데 논두렁에 올라서서 어디서 어떻게 배운 노래인지 목청 높여 불러 대니 나도 자연스럽게 따라 부르게 되었고 동네 어른들도 그리 싫어하지 않으셨던 것 같다.

친척이라고는 그 이웃 동네에 홀로 오남매를 둔 이모가 한 분 계셨는데 저녁때 그 집에 놀러 가면 식혜도 묵도 주시면서 극진히 대우하여 주셔서 이모 집에 가서 맛있는 것 얻어먹고 재미있는 시간 보내는 것이 즐거움의 전부였다.

그러는 사이 세월은 흘러 1년이 훌쩍 지나가 버렸다. 어머니는 약한 체질에 아이 돌보랴 농사일하랴 고생하시다 보니 내가 보기에도 완전히 농촌 중년 여인이 되었다. 얼굴에는 주름이 많이 생겼고 손은 서울서는 볼 수 없었던 농사꾼 손이 되고 말았다. 나는 어떤 때는 눈물이 날 것 같아 어머니를 쳐다볼 수가 없었다.

그런데 문득 내가 이렇게 여기서만 세월을 보내면 농사꾼도 아니고 공부하는 학생도 아닌 어정뜨기로 내몰릴 수밖에 없다 싶어 상주읍에 있는 농잠학교라도 가서 공부를 해야겠다는 생각이 들었다. 증조할아버지에게 이웃에 사는 정구, 창식이를 예로 들어 그 친구들도 학교를 다니는데 나도 학교를 다녀야 하지 않겠느냐고 하였더니 그렇게 할 수 있게 하시겠다면서 삼촌과 할아버지에게 이야기하셔서 상주 농잠고등학교 원예과 1학년에 편입학하게 되었다.

그러니 중학교 2, 3학년은 완전히 지나간 것이다.

책값을 얻어 책 몇 권을 사고 동네에서 20리 되는 읍에 있는 농잠학교에 보리밥 한 통 싸 가지고 걸어서 등교했다. 학교에서 배우는 것이 오전 세 시간은 국어, 영어 등 일반 과목이고 오후에는 실습 아니면 실습 과목이었다. 나는 피난 온 편입생이라 실습이나 실습 과목은 들을 필요가 없으니까 오전 공부만 하고 '계온이 못'

이라고 하는 큰 못이 있는 곳 언덕에 올라서 보리밥 도시락을 먹고, 집에 돌아와서는 모 심을 때는 모 심고 논이나 콩밭을 매면 같이 농사일 하고 소 풀 뜯기러 가라 하면 가고 하였다.

겨울에는 재 너머 큰 산에 가서 나무도 해 왔다. 이러다 보니 내 나이도 열일곱 살이 되었고 어슴푸레 '이것 큰일 났구나'하는 생각이 들었다. '아버지가 계셨더라면 대구나 부산으로 피난을 갔을 텐데'하는 근심 걱정이 쌓여 왔다.

어느 날 밤에 사랑채 마루에 걸터앉아 이런저런 생각을 하고 있는데 어머니가 무엇인가 들고 건너오셨다. 내 옆에 오셔서는 신문 쪼가리 한 장하고 담뱃잎 말린 것을 나에게 주시며 "이것 신문지에 말아 피우면 속이 좀 풀린다더라" 하시면서 담배 피우는 것을 가르쳐 주셨다. 역겨워서 냉수를 마시면서 담배를 배웠고 그때부터 50세에 가까울 때까지 담배를 피웠던 것 같다.

또 한 해가 넘어가고 봄이 되었다. 증조할아버지께

말씀드렸다.

"할아버지, 제가 그냥 여기 있으면 농사꾼도 아니고 공부하는 학생도 아니고 어정쩡한 놈밖에 될 수가 없지 않습니까? 할아버지께서 여비만 마련해 주시면 서울 가서 어떻게든지 돈을 벌어 학교에 다니도록 하겠습니다. 여비만 마련해 주십시오."

그 당시 한강은 도강증이 있어야 건널 수 있었기 때문에 원주, 춘천을 거쳐 중량교 쪽으로 서울에 들어갈 수밖에 없었다.

"가만히 있어 보거라. 내가 한번 마련해 볼게."

나와 증조할아버지가 쓰던 방은 쇠죽 쑤는 가마솥이 걸려 있는 방이었고 가마솥 뒤에는 창고가 있었다. 1년 먹을 나락을 보관하였고 안채와는 떨어져 있었다. 어느 날 밤에 창고가 있는 쪽에서 부스럭부스럭 소리가 나서 돌아보니 할아버지가 안 보이셨다. '내 여비를 마련하시려고 애쓰시는구나'하고 모르는 척, 자는 척을 하였다가 새벽에 보니 옆에서 코를 골며 주무시고 계셨다.

할아버지가 아침에 눈을 뜨시더니 "태진아, 문 좀 열어봐라" 하셔서 문을 열자 "오늘 날씨 참 좋구나. 내가 너 서울 가는 여비를 조금 마련했으니 서울 가려면 하루라도 빨리 가야 하지 않겠느냐"고 하시면서 가려면 오늘 출발하라고 하셨다.

나도 마음이 바빴다. 서울에 가도 믿을 사람도 기다리는 사람도 밥 먹여줄 사람도 없지만 서울 가서 부딪쳐 볼 수밖에 없었다. 안채로 올라가 엄마에게 오늘 서울로 떠날 것이라고 했는데 엄마는 아무 표정 없이 옷 몇 가지를 싸 주시며 "난 들에 나갈란다" 하시고는 콩밭 매러 나가셨다.

하늘같이 바라보던 아들이 아무 대책도 없이 서울로 떠나던 날 그 아프고 쓰린 마음에 콩밭인들 제대로 매어졌겠으며 먹을 것이라고 콩잎 죽밖에 없었지만 콩잎 죽인들 잘 넘기셨을까?

나는 엄마가 꾸려준 단보따리를 메고 상주읍을 향하여 떠나는데 한편으로는 쓰리고 아팠지만 또 한편으로는 그리던 서울을 향하여 떠난다는 희망에 부풀어 있었다. 지금 돌이켜보면 나이 어리고 철이 덜 나서 그런 용기를 내 모험을 할 수 있었을 것이다. 아버지가 그 옛날 고향을 떠날 때도 나와 똑같은 형편이요 그와 같은 심정이었을 것이다.

3

상주읍까지 걸어서 왔는데 읍 근처에 작은고모가 피난 와 있었다. 배가 고파 고모 집에 들어갔더니 흰쌀밥을 새로 지어 주시어 고추장에 비벼서 오랜만에 쌀밥을 먹었던 일이 어제 같다.

고모에게 서울 간다는 이야기를 대충 하고 읍내에 들어가 자전거방에 들러 중고 자전거를 한 대 샀다. 지도를 살펴보니 한강 도강증 없이 서울에 들어가려면 문경을 거쳐 영주로 가서 제천, 원주, 원주에서 춘천, 춘천에서 서울로 들어갈 수밖에 없었다. 상주에서 영주까지 가려면 그 당시로서는 걸어서 가기에는 너무 멀어 영주까지만이라도 자전거를 타고 가려는 것이 나의 셈법이었다.

그날은 상주읍에서 잤다. 아침 일찍 자전거를 타고 있는 힘을 다하여 달렸다. 그날 저녁 늦게 영주에 도착하였다. 물어물어 숙박하게 해 준다는 집에 들어가 국밥 한 그릇 사 먹고 그날은 그 집에서 웅크리고 잤다. 아침은 무엇인지 사 먹고 자전거포에 들러 자전거를 팔았다.

영주에서 제천까지 가야겠는데 교통편이 마땅치 않아 서성거리다가 통나무를 가득 실은 트럭이 있기에 그 트럭 운전수에게 물어보니 제천에 간다는 것이었다. 나의 사정을 자세히 설명하자 운전석 있는 곳은 자리가 없으니 나무 실은 곳 위에 올라가 나무를 멘 밧줄을 꼭 붙들고 엎드려서 가려면 그렇게라도 가 보자고 하였다.

'아휴 살았구나.' 그 이름 모를 운전수가 그렇게 고마울 수가 없었다. 통나무를 가득 실은 트럭 위에 올라 밧줄을 움켜쥐고 트럭이 달리다가 덜커덩거릴 때마다 밧줄을 더 힘들여 움켜쥐었다.

어떤 의미에서는 그 운전수 아저씨가 내 일생에서 나를 도와준 몇 안 되는 은인 중에 한 사람일 수 있다.

제천을 거쳐 춘천에 도착하니 서울에 온 기분이었다.

춘천에서는 서울로 들어가는 교통편이 여러 가지가 있었다. 군인 트럭을 비롯해서 화물 자동차, 일반버스 등이 있었다.

중량천 못 미쳐 망우리에서는 청량리까지 가는 미니버스 같은 것이 있어 거기에 올라타니 내 눈에는 전부 아는 사람같이 생각되어 얼마나 감격했는지 거기 있는 아무 사람이나 붙들고 나를 모르겠느냐고 물었다. 대답이 없으면 "내가 청량국민학교 3학년 때부터 6학년까지 반장을 한 ○○○이고 중학교는 사대부중을 다녔는데 2학년 때 6·25 사변이 나서 고향인 상주에 피난 갔다가 내가 살던 회기동으로 돌아오는 길"이라고 하여도 사람들은 그리 반가워하지 않는 표정이고 '이 아이가 좀 돌지 않았나' 의아해하는 것 같기도 하였다.

그렇게 나를 표현할 수 없을 정도로 감격케 하고 환희에 차고 들뜨게 한 것은 내 일생을 통틀어 처음이고 마지막이었다. 그때가 내 나이 열여덟 살로 8월 말 늦은 여름이었다.

차가 멈춘 곳은 제7일 안식교 맞은편 광신상업학교 교문 앞이었다. 들뜬 기분도 잠시일 뿐 인적은 드물고 나를 기다리는 사람도 찾아갈 곳도 없는 외로운 소년이었다. 갈 곳이라고는 아버지, 엄마, 누나와 살던 회기동 초가집뿐이었다.

내가 살았고 내가 사랑했고 내가 가장 귀하게 생각했던 집 가까이 가도 동네는 텅텅 비었고 아는 이웃 사람들은 피난 가서 아직 돌아오지 않은 스산한 거리였다. 우리 집을 찾아가니 집 한 모퉁이는 포격을 당한 처참한 상태였다.

서울에 돌아왔다는 감격은 잠시였다. 우선 저녁 끼니를 때우고 발 뻗고 누울 잠자리가 없었다. 외로움과 슬픔이 몰아쳐 왔으나 정신을 차리고 생각했다.

'용기를 내야 한다. 이 어려운 상황을 예상했고 그것을 이겨 내겠다고 해서 스스로 이 길을 택한 것이 아니냐? 아니다. 찾아보자.'

문득 머리에 떠오른 것이 피난길을 같이 갔던 친구

이강유의 집이었다. 그 집은 6·25 사변이 일어나기 전까지는 부자로 살았고 그 동네에선 제일 큰 기와집이었다. 아버지는 전쟁 전 지금의 경희대 본관 자리에서 돌산을 경영하는 보기 드문 부자였다.

그 집을 찾아갔더니 대문이 열려 있고 사람이 사는 기미가 보였다. "여보세요" 하니 친구의 누님이 나왔다. 나는 진짜 구세주를 만났고 그 누님도 무척이나 반가워하였다.

저녁을 맛있게 얻어먹고 떨어져 살았던 기간 있었던 일들을 이야기했다. 그 누님이 방을 하나 지정해 줘서 그 방에 지칠 대로 지친 몸을 누이고 모처럼 잠을 잘 수 있었다. 친구는 춘천에 있는 미군 부대에서 하우스보이 생활을 하고 있는데 거기서 받는 월급을 보내 주어 네 식구가 먹고산다고 하였다. 이튿날 아침밥도 맛있게 먹었는데 서울 부유층은 주발에 밥을 잘 지어 삼분의 이 정도 보슬보슬하게 담아서 다른 반찬과 먹는 식습관이 있었다.

아침을 먹고 우선 학교를 찾아가 보았다. 정상적으로 학업을 계속하였더라면 고등학교 2학년이었다. 2학년 반을 창 너머로 들여다보니 아는 얼굴도 있고 모르는 얼굴도 있는데 멋진 교복을 입고 열심히 공부하고 있었다. 나는 할아버지가 마련해 주신 여비가 몇 푼 안 남아 있었기 때문에 학교에 다닌다는 것은 엄두도 낼 수 없었다.

학교를 들여다보고 나오니 딱히 갈 곳이 없었다. 일가친척들은 아직 서울에 올라오지 않았고 아는 사람이라고는 국민학교, 중학교 때 친구 그리고 회기동에 살던 이웃들인데 누구를 찾아가 봐야겠다는 생각이 머리에 떠오르지 않았다. 학교가 있는 용두동에서 청량리까지 걸어왔는데 청량리역 앞 도로변에 쪼그리고 앉아 쳐다보니 버스가 보였다.

버스에 무조건 올라탔다. 어디 가는 버스인지 알 필요도 없었다. 학교를 나온 후 밀려오는 외로움과 고향에 두고 온 엄마 생각에 온몸이 쪼그라들고 움츠러졌다.

'아, 이래서는 안 된다. 이 어려움을 이겨 내고자 콩잎 죽이라도 먹던 고향을 떠났는데 여기서 지면 안 된다.' 마음을 다잡자고 버스를 탔으니 어디가 종점이든 가는 데까지 버스를 타고 시내 구경이라도 하는 것 이외에는 마음을 다스릴 방법이 없었다. 버스는 동대문, 남대문, 남영동을 지나 마포에 다다랐다. 손님은 서너 명밖에 없어 그 사람들이 다 내리니 나도 따라 내릴 수밖에 없었다.

종점에서 오르막길이 있고 계단이 있길래 그곳에 올라앉아 눈을 돌려 내려다보니 한강이 보였다. 2~3년 전에 아버지하고 같이 와서 통통배를 타고 연평도에 가서 조기 잡는 것을 구경하고, 조기를 잔뜩 실은 통통배를 다시 타고 마포부두에 오니 조기 잡는 배가 수십 척 있었는데 저 중에 삼십 척이 우리 것이라고 하시던 말씀이 문득 떠올랐다. 그런데 그 마포부두에 배는 한 척도 보이지 않고 강물만 조용히 흐르고 있었다.

몇 시가 되었는지 내렸던 정류장에 버스가 한 대 서

있었다. 일어서 버스 있는 곳으로 걸어가는데 배가 몹시 고팠다. 버스에 타고 운전수 아저씨에게 몇 시냐고 물어보았더니 오후 5시라 하였다.

나는 청량리역으로 되돌아와 회기동 집으로 걸음을 옮기는데 걷기 힘들 정도로 기운이 없었다. 버스 탈 때에 5시라고 하였으니 6시 반쯤 되었으리라 어림짐작하고 허물어진 집 처마 밑에 앉아 시간을 좀 더 보내야 했다. 그때 들어가면 그 집 저녁 시간이기 때문에 그 시간을 피해서 들어가야 밥 한 그릇이라도 축내지 않을 수 있어서였다.

한 시간쯤 지났을 무렵 다시 이강유 집으로 들어갔다. 사람 소리가 나니 그 누님이 "누구세요?" 그러시기에 "태진이예요"하고 답하였다.

"저녁 먹었니?" 하시길래 "네"하고 대답했더니 오늘은 무엇을 했느냐고 물었다. 학교에 갔었고 친구를 만나 이야기하고 놀다가 저녁 먹고 오는 길이라고 대답했더니 누님은 고단할 텐데 방 치워 놨으니 어서 가서 자라고 하였다.

방에 들어가니 깨끗이 치워져 있었고 윗목에 물 한 주전자를 가져다 놓았기에 허기진 배를 물로 채울 수밖에 없었다. 배고픈 것 외에는 아무 생각도 나지 않았고 잤는지 꿈을 꾸었는지 새벽이 되었다. 그러고는 다시 남은 물로 배를 채울 수밖에 없었다.

세수하는 척하면서 밖으로 나와 수도꼭지에 입을 대고 물을 더 먹고는 세수를 마저 하고 방에 들어와 천장을 바라보며 멍하니 앉아 있는데 누님께서 "태진아, 아침 먹자" 하셨다. 안채 마루에서 그 집 식구 넷에 나까지 다섯이 밥상머리에 둘러앉았는데 내 눈에 보이는 것은 밥주발에 담긴 보슬보슬하게 푼 서울식 흰쌀밥이었다. 어제 점심, 저녁을 굶었으니 두 숟가락이면 없어질 것 같아 눈치 보일까 봐 숟가락에 조금씩 담아 다른 반찬과 함께 내 나름대로는 천천히 먹었다.

아침을 먹었지만 사실 갈 곳이 없었다. 바로 고향으로 돌아가자니 어린 마음에 어렵게 여비를 장만해 주신

할아버지께 염치가 없고 무엇인가 기대를 걸고 있을 엄마에게 큰 실망을 줄 것 같아 그럴 수도 없었다. 그렇다고 그런 사연을 강유 누님에게 이야기할 수도 없고 할 기회도 없었다.

"누님, 저 나갔다 올게요"하고 대문을 나섰으나 서울 천지에 나를 기다리는 사람도 아는 사람도 없어 힘없는 걸음걸이로 청량리까지 갔다 홍릉을 지나 임업 시험장을 돌아 다시 청량리로 와서 회기동 마루턱인 제7일 안식교까지 왔을 때 빗방울이 떨어졌다.

비를 피하려고 안식교 처마 밑에 앉아 있는데 얼마쯤 지났는지 비가 그쳤다. 일어서기도 싫었지만 바삐 일어설 이유도 없었다. 그러고는 저녁 7시가 지나서 강유 누님 집에 들어왔다.

"누구세요?"

"저 태진이예요."

"저녁 먹었니?"

"네, 먹었어요."

"방에 물 떠다 놨다."

"네, 알았어요. 고마워요, 누님."

이런 날이 일주일쯤 되풀이되고 나니 배고픈 것 이외에는 다른 생각이 없었다.

결국 찾아낸 것이 동네 옆으로 돌아가면 있던 청량국민학교 앞에 살던 친구 짱구(이종환)였다. 짱구의 어머니는 잘슴잘슴 절름발이었고 아버지는 집 앞에 큰 자두밭을 갖고 계셨고 누님과 쌍둥이 동생이 있었던 것이 떠올랐다. 거기 가서 저녁을 얻어먹을 수 있었으면 좋겠다 싶어 그쪽으로 발걸음을 옮기는데 멀리서 짱구 엄마가 다리를 절면서 자두밭으로 가는 것이 보였다.

그때부터 힘이 나기 시작하였다. 빨리 걸어가서 "안녕하세요"하고 인사를 하였다. 그랬더니 "이게 누구야. 태진이 아니야"라고 반가워하시면서 "종환아, 태진이 왔다. 어서 나오너라" 하셨다.

종환이가 뛰어나왔다. "너 어떻게 된 거야? 피난 갔다

온 거야?"하며 반가워했다. 나는 멍했다. 그리고 저녁을 차려 주셨다. 허겁지겁 먹으니 점심을 굶었다는 것을 짐작하셨는지 더 먹으라고 하시며 밥을 더 얹어 주셔서 모처럼 배가 차도록 먹었다.

강유네 집에 묵고 있다고 하였고 이런저런 이야기를 하다가 10시 가까이 되어서 강유 누님 집으로 돌아와 매일 하는 식의 인사를 마치고 방으로 들어오니 금세 잠이 들었나 보다. 형편을 이야기하고 짱구네 집에 좀 머물자고 하고 싶었으나 그 말이 나오지 않았다.

깨어 보니 아침이었다. 여느 때와 같이 아침을 먹고 이문동을 지나 중량천변으로 나가 방죽에 앉아 있다가 육사 쪽으로 가다 앉았다 하며 시간을 보냈다. 오후 7시 쯤 되었길래 강유 누님 집으로 돌아와 늘 나누던 인사를 주고받으며 방으로 들어가 주전자에 담긴 물로 배를 채우고 하룻밤을 넘겼다.

이렇게 하길 한 달 반쯤 지나니 배가 고파 더 이상 견딜 수가 없고 고향으로 돌아간다는 것도 앞뒤가 안 맞았다.

하루는 누님에게 "학교 다니려고 올라오기는 하였는데 학교에 낼 등록금을 마련해 오지 못하였다. 여기 있는 것도 허송세월만 하는 것 같아 춘천으로 강유를 찾아가 하우스보이라도 해서 학교 등록금이라도 마련하고 싶다"고 하였다. 그랬더니 누님 말씀이 자신이 조금이라도 여유가 있으면 나를 학교에 보내고 싶지만 본인형편이 그렇지 못하니 강유한테 한번 가보라고 하였다.

강유 있는 곳의 주소는 춘천 시내를 벗어나 소양강댐 못 미친 곳에 있는 '107 Trans Truck, co'라고 하시면서 강유가 보낸 편지 봉투를 주셨다. 그 편지 봉투를 들고 고향에 돌아갈 때 쓰려고 죽어라 하고 갖고 있던 돈으로 청량리에서 춘천 가는 버스인지 트럭인지를 타고 춘천에 도착하여 이강유를 찾아갔다.

강유는 몹시 반가워하면서 "누님 편지를 받아 네가누님 집에 있다는 것은 알고 있었다"고 말하였다. 찾아온 이야기를 하니 "나는 장교클럽에서 장교들 세탁 등

잔심부름을 하고 있는데 하우스보이 자리는 없다. 식당에서 한국 사람을 쓰고 있는데 거기에 자리가 있나 알아보자"면서 나를 끌고 들어갔다.

어느 미군 장교하고 한참 이야기하는데 체격이 너무 작고 허약해 보인다고 하는 것 같아서 내가 끼어들어 있는 힘을 다해 열심히 하겠다고 통사정을 하였다. 그 장교의 말을 들으니 더 높은 사람하고 이야기해 봐야 한다는 뜻인 것 같았다. 그를 기다리며 강유에게 "배가 고파 죽겠다"고 하였더니 우유와 계란, 초콜릿을 푸짐히 가져다주어 계란 다섯 개쯤, 우유 몇 병, 초콜릿을 먹고 나니 살 것 같았다.

저녁때가 되니 식당 청소하는 일을 하라고 하였다. "이제 살았구나"하는 말이 저절로 나왔다.

천막 한쪽 구석에 잘 자리를 만들어 주어 거기서 자고 그 이튿날 아침 일찍 일어났다. 식품창고 앞에서 기다리고 있자 미국 군인 식사당번이 와서 열쇠로 창고문을 열어 따라 들어가니 각종 식품이 산더미처럼 쌓여 있었다. 나는 우선 달걀 있는 곳으로 가서 생달걀을 대여섯 개 깨 마셨다. 미군들이 나를 자꾸 쳐다보면서 무엇이라고 이야기를 했지만 나는 알아듣지 못하였다. 아마도 조그만 놈이 무척이나 먹는다고 놀라는 표정 같았다.

일은 고되었다. 아침 5시에 일어나 창고에 들어가서 그날 먹을 레이션 박스를 식당 천막으로 옮기고 식당 바닥이랑 식탁을 깨끗이 정리 정돈했다. 8시 정도에 아침 식사가 끝났고 다시 한 번 그릇이랑 식당 바닥, 식탁 등을 청소하고 나면 오전 10시 반이 넘었다. 그런 후 다시 점심을 준비해야 했고 오후 4시쯤 점심 먹은 것 청소가 끝나면 저녁 먹은 후 하루 일과가 끝나는 것은 오후 10시나 되어야 했다.

일과가 끝나면 잡부들이 자는 천막 한 귀퉁이에 내 나무 침대가 있었기 때문에 거기 나둥그러져 곯아떨어졌다. 흔히 말하는 하우스보이가 아니라 식당 청소하는 하우스보이였다. 일은 무척 고되었으나 배불리 먹는다는 것이 그렇게 좋을 수가 없었고 또 적은 대로 월급을 받으니 학비 마련도 좀 되는 것 같아 희망에 부풀었다.

음식은 없는 것 없이 다 먹을 수 있었다. 오렌지 주스, 토마토 주스, 초콜릿, 미국 과자 등 들어 보지도 못한 먹을거리가 식당 창고 안에 가득 쌓여 있었다. 창고와 식당 청소하는 인부이기 때문에 창고에 들어가 먹고 싶은 만큼 얼마든지 먹을 수 있었다. 미국 부잣집에 양자로 들어온 것 같은 착각을 할 정도였다.

정신없이 먹고 자고 일하다 보니 세월이 얼마나 흘렀는지 생각할 겨를도 없었다. 하루는 점심때 일이 끝나고 오후 4시쯤 천막 밖으로 나오니 부슬부슬 눈이 내리고 있어 깜짝 놀랐다. '벌써 겨울이 됐구나' 생각하면서 산 밑으로 난 큰 도로 쪽을 쳐다보니 검은 교복을 입고 교모를 쓴 학생들이 몇 명씩 걸어서 집으로 가는 것이 보였다.

잠시 서서 생각에 잠겼다. 무슨 짓이라도 해서 학비 벌어 공부하겠다고 고향을 떠나온 놈이 공부하고는 아무 상관도 없는 미군 부대 식당 종업원 노릇을 하면서 월급 모아 보아야 등록금 내기에는 턱없이 부족하다는 것을 새삼스럽게 깨닫게 되었다.

　고된 청소 일을 끝내고 잠자리에 들었지만 그날 밤은 좀처럼 잘 수가 없었다. 그 이튿날 친구에게 "네 덕택에 한두 달간 잘 먹고 살았는데, 고향에 계시는 어머니도 보고 싶고 어찌 되었건 고향에 가서 다른 방법을 찾아봐야겠다"고 하였더니 "그렇게 해. 여기 있어 봐야 장교 클럽 같은 곳은 일자리가 날 것 같지 않으니 마음 내키는 대로 해"라고 하여 그날로 퇴직을 결심했다.

　친구의 서글픈 배웅 속에 춘천으로 나왔다. 여관비가 아까워서 춘천에서 하룻밤을 자지도 않고 버스를 타고 원주, 제천, 문경, 상주읍을 거쳐 고향집에 돌아왔다. 돌아오니 엄마는 반가워 눈물만 흘리시는데 삼촌 내외는 무거운 짐을 벗었나 했더니 다시 온 것을 보고 어리둥절한 표정이었다. 그나마 그동안 미군 부대에서 한창 먹을 나이에 먹고 싶은 것 다 먹었더니 얼굴에 살이 통통하게 올라 엄마는 그런 내 모습을 보고 무척 좋아하셨다.

그날 밤 사랑채에서 증조할아버지와 엄마께 그동안 지내 온 이야기를 간략하게 해 드렸다. 내 이야기를 다 듣고서 엄마는 할아버지께 논 세 마지기 따로 떨어져 있는 것은 태진 아버지가 사들인 것이니 할아버지가 나서서 그것만 팔아 주시면 우리 세 식구 서울 가서 떡 장사라도 해 볼 것이고 더 이상은 무엇도 요구 안 할 테니 도와주십사고 통사정을 하였다.

할아버지는 "그렇게 힘써 보마"라고 말씀하셨다. 힘이 없었던 엄마는 얼마 전에 작은고모가 서울로 올라가셨다는 얘기를 하면서 누나와 내가 먼저 올라가서 학교에 등록하고 작은고모 집에서 밥 좀 얻어먹으면서 학교 다니고 있으면 어떻게든 사정을 해서 땅 세 마지기 팔아서 뒤따라오시겠다고 하셨다.

그길로 누님과 함께 서울 고모 집을 찾아가기로 결심하고 실행하였다. 두 달간 집 떠나 비 오는 날에는 남의 처마 밑에서 비를 피하면서 지내고 저녁은 굶고 물로 배를 채우며 지냈다는 것은 엄마의 마음을 아프게 할 것 같아 차마 말할 수가 없었고, 미군 부대에 다니면서 먹고 싶은 것 다 먹고 해서 이리 살도 찌고 좋아졌다는 얘기만 했다.

그러다 엄마랑 누나랑 서울 집으로 돌아와야겠다는 생각에 내려왔다고 하니 같이 가서 공부를 해야겠다고 하셨다. 돈을 빌릴 만한 친척을 생각해 보았으나 그럴 만한 친척이 없어 마지막으로 선산 구미로 시집 간 아버지 고모 집에 엄마와 같이 걸어서 찾아갔다. 그 집에서 돈을 빌려 달라고 통사정을 하였으나, 그 집도 농사 짓는 일 이외에는 하는 것이 없어 돈을 빌려줄 여유는 없었다.

돌아오는 길에 이모네 집을 들러 그동안 있었던 전후 사정을 다 이야기하였다. 이모 말씀이 "너희 고모가 서울 올라갔다니, 그이는 목수 기술이 있어 전쟁 끝 무렵이라 망가진 집도 많고 하여 일감이 많아 밥 먹는 것은 걱정이 없을 것”이라며 밥은 거기서 얻어먹으라 하고 서울 가는 차비와 학교 등록하는 돈을 마련해 주겠다고 하셨다. 그러면서 “서울 가서 공부 열심히 해서 외롭고 처량한 엄마에게 효도 많이 하면 그 이상 바랄 것이 없다”고 하셨다.

이것이 생시인지 꿈인지 어지러울 정도로 천사가 나타난 것이다.

이모는 참 착한 분이었다.

이모 집에서 하룻밤을 자고 집에 돌아와 증조할아버지께 말씀드리고 우리 남매는 서울로 떠나겠다고 하였더니 “얼른 준비해서 떠나거라. 그 후에 내가 어떻게 하든 땅을 팔아 너의 애미 손에 쥐어 줄 터이니 너희 남매는 서둘러 서울로 가라”고 하셨다.

엄마는 주섬주섬 옷가지를 추려 두 개로 나누어 멜빵을 만들어 놓았다. 우리 남매는 며칠 후 멜빵을 하나씩 메고 어른들 그리고 사촌들과 작별인사를 나눴다.

동네를 벗어나는 마루턱에서 우리 두 남매는 고향집

이 있는 곳을 돌아보았으나 엄마는 보이지 않았다. 얼마를 걸어가면 성황당 고갯길이 있는데 거기서 우리 남매는 누가 먼저 돌아보자고 한 것도 아닌데 자연히 고향집이 보이는 곳이라 뒤를 돌아보았지만 엄마는 보이지 않았다.

"누나, 엄마는 정지(부엌) 뒤에 있는 복숭아나무 밑에서 울고 있을 것 같다"고 하였더니 누나는 통곡을 하며 주저앉았다. 내가 그런 누나에게 말했다.

"누나, 누나가 이렇게 하면 어떻게 해. 우리 둘이 천 배 만 배 용기를 내어 일어서야 외로운 엄마의 한을 조금이나마 덜어 드릴 수 있지 않아? 빨리 일어나. 이러다가 기차 놓치겠다."

3년 가까이 머물렀던 고향땅을 떠나는 것이 한편으로는 몹시 아쉽고 서운하였지만 그보다 어머니를 두고 간다는 것이 왜 그리도 서러웠는지.

아버지가 삶을 개척한 서울 집은 전쟁에 폐허가 되어 있는데, 아버지도 엄마도 없는 어린 남매를 떠나보내는

엄마의 가슴은 칼로 가슴을 쑤시는 것보다 더 찢어지는
듯했을 것이다.

/ 2부 /

중,
고등
시절

누나와 나는 김천으로 갔다. 두 시간 이상 기다려야 서울 가는 차가 온다 하여 정거장 밖에 나가 국밥을 한 그릇 사서 둘이 나누어 먹은 후 서울행 기차를 탔고 늦은 밤에 서울역에 도착하였다. 길을 건너 전차 정거장을 찾아 왕십리 가는 전차를 한참 동안 기다렸다가 탔다. 옛 기억도 더듬고 옆에 탄 사람에게도 물어도 보고 하여 신당동역에 내렸다.

고모 댁은 신당동 산꼭대기 상수도 처리장이 있는 비탈길에 있었고 방 두 칸에 마루, 부엌밖에 없는 작은 집이었다. 밤늦게 들어가자 고모 내외가 반겨 주었고 밥만 몇 달 먹여 주면 우리는 학교에 등록하여 다니겠다고 계획을 이야기하였더니 그렇게 하라고 하셨다. 고모부는 목수셨는데 서울로 막 몰리는 것은 아니었지만 피난 갔던 사람들이 돌아오면서 집 고칠 일이 많으니까 일감은 많은 것 같아 마음이 놓였다.

하룻밤을 묵고 학교를 찾아가니 중학교 때 담임 하시던 선생님이 교감을 하고 계셨고 누나 담임 선생님은 평교사로 계셨다. 찾아뵙고 말씀을 드리자 누나는 3학년, 나는 2학년에 복학시켜 주었다.

고모님 집으로 돌아오니 방에 두툼한 이부자리를 주셔서 거기서 생활하게 되었다. 고모께서 좀 추울 거라며 방을 고치려고 하였는데 고모부가 워낙 바빠서 못 고쳤다고 하셨다. 그때가 1953년 11월경인데 바깥은 얼음이 얼 정도로 추운 겨울이었다. 방 벽이 벌어져 동이 트는 햇볕이 들어올 정도여서 실내라고 할 수 없는 곳에서 그 겨울을 났다.

추운 것도 추운 것이지만 학교를 가면 추운 것이 문제가 아니라 수학, 물리 시간에는 선생님이 무엇을 말씀하시는지 알아들을 수가 없어 참으로 캄캄하였다. 중학교 2학년 때 인수분해 조금 배우다가 만 공백은 제쳐놓고 제 학년에 복교하였으니 수학 시간에 무엇을 어떻게 두드려 맞추는지 도무지 알 수가 없었다. 시험이 다가오자 수학 시간에 배운 모든 문제를 외워 갔다. 네 문제가 출제되었는데 세 문제는 외운 것이 나와 외운 대로 답안을 써 75점을 받을 수 있었다.

그래도 억지로 나는 3학년이 되었고, 누나는 졸업하여 국민학교 교사로 취직이 되었다. 우리들은 이제 굶어죽을 걱정이 없고 학교 등록금도 낼 수 있으니 하늘이 도운 것이라며 엎드려 하느님에게 감사하며 기도하였다.

1954년 3월, 누나는 국민학교로 출근하게 되었고 나는 고등학교 3학년이 되었다.

고향에 홀로 남은 엄마는 허약한 체질로 고된 농사일을 시골 사람들과 똑같이 하였다. 그리고 지체 부자유자인 사촌 동생과 땅바닥에서 자고 대소변을 원시적으로 해결하며(개를 불러 처리함) 서울 보낸 두 남매를 얼마나 그리워하고 안타까워하며 노심초사하였겠는가?

이 글을 쓰면서도 그때의 엄마를 생각하면 저절로 눈

물이 난다.

　증조할아버지의 도움도 있었고 누나가 국민학교 교사 취직이 되니 엄마를 얼른 서울로 떠나보내는 것이 가정 정리를 위해서 도움이 된다고 판단한 삼촌이 스무 마지기 있는 땅 중에서 세 마지기를 팔아 주었던 것 같다.

　우리 세 식구는 엄마가 가지고 올라온 돈으로 허물어진 집을 고치고 쌀 한 톨을 반 쪼개 먹듯 돈을 아끼며 그런대로 옛 위치로 돌아가 생활하게 되었다. 그러나 나는 혼자 있는 엄마가 항상 불쌍하고 외로워 보여서 마음속 깊은 곳에는 어떻게 하든 성공해서 엄마를 즐겁게 해드려야 되겠다는 생각뿐이었다.

　나는 중학교 2학년에서 고등학교 2학년 말로 복교했는데 중요한 중, 고등학교 시절에 농사일을 하고 동네 친구들과 유행가만 부르면서 시간을 허비했던 것이다.

　고등학교 3학년이 되니 더 암담하고 힘들었다. 기초가 없는 상태에서 수학을 외워서 시험을 보았고 대학 입시 모의시험을 매월 치렀는데 순위는 뒤에서 세는 것이 훨씬 빨랐다. 그런 결과가 당연하다고 느끼면서도 친구들한테 창피하기도 하고 어찌하여야 좋을지 방법을 찾지 못했다.

그래도 내 나름대로는 할 수 있는 과목만이라도 열심히 하였더니 낙제는 하지 않고 고등학교를 졸업할 수 있었다. 6·25 사변 이전 아버지와 같이 살 때는 남과 다를 바 없는 보통 소년이었는데 이제는 아버지 없는 호로자식이 되어 버렸다.

고등학교 3학년 때 모의시험은 형편없었으나 옛 중학교 때 친하던 친구들이 집에 놀러오면 그렇게 반갑고 행복할 수가 없었다. 피난 시절 열여섯 살 때 그 동네 환갑 잔칫집에서 배운 술이 생각나서 엄마의 승낙을 받고 소주를 사서 밤을 새워 술을 마셨다.

그런 다음 새벽녘에 한두 시간 자고 일어나서 세수를 하고 나면 엄마는 어느새 고기 반 근을 사다 무를 썰어 넣고 된장국을 끓여 주셨는데 그렇게 맛있을 수가 없었다. 보통 친구 5~6명이 같이 잤는데 똑같이 이렇게 맛이 좋을 수가 없다고 이야기하면서 학교에 가곤 하였다.

60년이 지난 지금도 엄마가 고기 반 근에 무 넣고 끓여 주시던 그 된장국이 간절히 먹고 싶고 어디에라도 그 맛의 된장국이 있다면 찾아갈 텐데 그 된장국은 이 세상 어디에도 없다.

학교생활은 하루하루가 지옥의 연속이었다.

대학 시험은 다가오는데 다른 과목은 몰라도 수학, 물리, 화학은 어찌할 수가 없었다. 방법이 있다면 중학교 3학년으로 다시 내려가 순리적으로 기초부터 다시 배워 올라오는 것인데 이제 와서 그럴 수도 없는 노릇이었다. 영어는 그나마 미군 부대 청소부 일도 했고 고향 농잠고등학교에서 한 1년간 반나절 정도 공부라고 하였으니 그런대로 열심히 단어 외우고 하면 될 성도 싶었지만 다른 과목은 방법이 없었다.

대학 입학 원서를 쓸 때가 다가왔다. 담임선생님이

한 명 한 명 불러 면담을 하고 입학을 원하는 대학 학과별로 모의시험 종합 결과를 참고하여 학생의 실력과 소질에 따라 대학과 전공을 정하는데, 나는 이과가 아닌 인문 계열로 법과 대학 가기를 뚜렷하게 원했다.

그 당시 담임은 한기언 선생님이었는데 국민학교, 중학교 때 어떤 학생이었는지 모르시고 모의시험 성적 위주로 학교 선택을 조언하시는 상태라 서울대 법대를 지원하겠다는 말에 어이없어하셨다. 고려대 법대도 어려울 것 같은데 터무니없는 욕심을 부리는 아주 철없는 아이라고 보셨을 것이다.

나도 터무니없는 지원이라고 스스로 생각하고 있었지만 국민학교 때나 중학교 때 나름대로 공부 잘 하는 아이라는 소리를 듣고 살았는데 고려대 법대밖에 지원서를 써줄 수 없다니 앞이 캄캄하였다. 무엇보다 우리 엄마, 누나에게 하루빨리 희망을 보이고 무엇을 이루어 즐겁게 해 드려야 할 위치에 있는 나로서는 안 될 것이 뻔했지만 떨어져 다시 재도전할망정 이류 대학은 지망하기 싫어 서울대 법대 지원을 고집하니 담임선생님도 어이없어하시면서 지원서를 써 주셨다.

억지인 줄 알면서 서울대 법대 시험을 봤다. 동기생 중 여자 2명, 남자 16명 총 18명이 서울대 법대 시험을 치렀는데 남자 2명이 떨어졌고 그 2명 중에는 내가 들어갈 수밖에 없었다. 또 한 친구는 6·25 때 월남한 친구였다.

합격자 발표 날에는 발표장에 가 볼 필요도 없어 집에 있는데 친구들이 찾아와서 위로해 준다고 어디 가서 대포나 한잔하자고 하여 눈물 콧물 흘려가며 거의 만취가 되도록 술을 마셨다.

집에 돌아와서 방문을 열어 보니 자는 것인지 자는 척하는 것인지 엄마, 누나의 얼굴이 눈에 들어오자 정신이 번쩍 들고 술이 확 깨었다. 가만히 엄마 옆에 누웠는데 만감이 교차하며 별의별 생각을 다 하다 잠깐 잠이 들었다가 이른 아침에 깨었다.

"엄마, 너무 걱정하지 마. 내가 어떻게든 공부하여

좋은 학교 들어가서 악착같이 성공해서 엄마 아들 할 거야."

나의 말을 들은 엄마는 "난 네가 생각하듯 그렇게 크게 걱정 안 해. 너는 천성이 착하고 아버지 닮아서 머리도 좋고 나는 너를 위하여 늘 기도하고 있으니 장래에 하느님의 도움으로 큰일을 할 수 있는 인물이 될 것이라고 굳게 믿고 있어. 대학 한 번 떨어진 것이 뭐 그리 큰일이야"라고 말씀하셨다.

참으로 의외였다. 힘이 빠지고 의욕이 줄어들고 크게 실망하시리라 생각하였는데 사회생활 경험도 없는 일자무식인 엄마가 오히려 내게 기운 잃지 말고 도전해 보라고 말씀하셨다.

그것이 엄마의 마음이었다. 그 어려울 때에 엄마도 빨리 어떻게 해서라도 대학 졸업장이라도 하나 받아 취직하여 밥벌이라도 했으면 하는 생각이 왜 없었겠는가. 그러나 사랑하는 아들의 기를 꺾지 말고 참고 기다리는 것이 엄마의 도리라고 믿었던 그 사랑, 그 정성. 우리 엄마만이 할 수 있는 일이었다고 생각한다.

'아니다. 일어서야 한다.'

일차적으로는 친구들한테라도 이과 과목을 배워서 서울대 법대에 다시 도전하리라는 굳은 결심을 하였다. 그 당시로는 재수, 삼수라는 용어도 없었고 이를 준비하는 학원도 없었다. 수학, 물리, 화학은 서울대 공대에 합격한 친구에게 배우기로 했고, 다른 과목은 스스로 외울 것은 외우고 이해 못 하는 것은 친구들에게 물어서라도 공부하기로 하여 대학 입학시험 공부를 새로 시작하였다. 2차 대학은 아예 지원하지도 않았다.

그런대로 한 달쯤 열심히 하고 있는데 기침을 심하게 했다. 어머니는 아무래도 기침이 심한 것이 이상하니 병원에 한번 가보라고 몇 번 권하셔서 청량리에 있는 삼일병원을 찾아갔다. 그 병원 원장님은 국민학교 동창 아버지였다.

X-ray를 찍었다. 원장님은 사진을 한참 들여다보신 후 눈을 감고 한참 생각하시더니 "너 폐결핵이다. 내가

시키는 대로 열심히만 하면 약 6개월이면 나을 수 있다"고 하셨다.

청천벽력이었다. 대학도 떨어지고 누나의 선생 월급으로 생계를 꾸려 가고 있는데 여기다 그 무서운 폐병이라니 앞이 캄캄한 것이 아니라 절벽에서 떨어지는 기분이었다.

잠시 머뭇거리다 "원장님, 어떻게 하면 되죠?"하고 물었다.

"첫째는 절대 안정이야. 운동을 한다든지 걷는다든지 하지 말고 하루 종일 누워 안정을 취해야 해.

둘째는 아침에 내가 지정하는 양의 마이신 주사를 맞아라. 셋째는 잘 먹어야 돼. 영양 섭취를 잘해야 폐결핵균을 이겨 낼 수 있다"고 원장님이 말씀하셨다.

"원장님, 오늘은 돈을 안 가져왔으니 내일 또 올게요"하였더니 "우선 오늘부터 주사를 맞아야 하고 약값은 나중에 내도 돼"라고 하셨다. 아들 친구이다 보니 안타깝고 걱정되는 표정이었다. 엉덩이에 주사 한 대 놓고 마이신 병하고 약을 지어 주셨다.

병원을 나와 갈 곳도 없고 어디 하소연할 만한 상대도 없어 집으로 돌아갈 수밖에 없는데 엄마 얼굴을 떠올리니 이 엄청난 이야기를 어떻게 하나 한숨만 나왔다. 길거리에 앉아 내 마음을 스스로 다잡지 않으면 가련한 엄마에게 희망이 사라지고 나의 앞길은 더욱 보이지 않겠다 싶어 "용기를 내야 한다"고 혼잣말로 중얼대면서 엄마에게 웃는 얼굴로 이야기해야겠다는 결심을 했다.

집으로 돌아오니 엄마는 부엌에서 일을 하고 계셨다. 엄마는 식구도 많지 않은데 음식을 하든 빨래를 하든 잠시도 쉬지 않고 일거리를 만들어서라도 움직이셨다.

먼 훗날 생각하니 엄마가 피난 시절 고향에 있을 때나 서울에서 세 식구 살 때나 그렇게 부지런히 움직인 것은 외로움과 고통을 잊기 위한 한 방법이었던 것 같다.

지금도 한없이 그립고 보고 싶고 안타까울 뿐이다.

부엌에 있는 엄마에게 말했다. "엄마, 나 삼일병원에

가서 진찰을 받았는데 무슨 나쁜 병이래."

엄마가 벌떡 일어나시면서 물었다.

"무슨 소리야?"

"놀라지 마. 고치면 된대."

"아니 무슨 병인데?"

"폐병이래. 요새는 새로운 좋은 약도 나오고 해서 치료만 잘하면 빨리 낫는대. 옛날에나 폐병이지 요새는 감기 정도 걸린 것으로 생각하면 된대."

엄마가 다소 긴장을 푸는 것 같아 원장님께서 말씀하신 대로 자세히 이야기를 했다.

엄마는 그길로 "내가 가서 원장님 말씀 듣고 올게" 하시고는 바로 집을 나서 홍릉고개를 넘어 걸어서 청량리에 있는 삼일병원에 들렀다가 청량리 시장에서 사셨다고 하면서 무엇인가 한 보따리 들고 들어오셨다.

"왜 걸어서 갔다 왔어?"

"갈 때는 몸이 천근만근보다 더 무겁더니 올 때는 펄펄 날아 왔어."

버스비를 아끼시느라 걸어서 갔다 오신 것이다.

엄마는 "내가 어떻게 하면 네 병을 고칠 수 있다는 것을 알고 나니 몸이 펄펄 날 것 같이 가볍더라"고 하셨고, 원장님이 시키는 대로 하기로 하였다. 남은 걱정은 엄마와 내가 누나에게 어떻게 이야기할 것인가였다.

누나가 학교에서 퇴근을 했다. 엄마가 나는 방에 누워 있으라 하고 누나에게 차근차근 설명을 하셨다. 누나는 이야기를 다 듣고 방에 누워 있는 내 옆으로 다가와 이마에 손을 대 보고는 "하느님이 낫게 해 주실 거야" 하면서 우는 것이었다.

"누나, 하느님이 낫게 해 주신다면서 울긴 왜 울어?"
누나에게도 하늘이 무너지는 듯한 아픔과 슬픔이 한꺼번에 닥쳤을 것이다.

그 이튿날 아침 일찍 병원 원장님이 찾아오셨다. 놀랍고 고마운 일이었다.

"내가 산보 삼아 온 거야."
그러시고는 누나에게 마이신 얼마만큼을 엉덩이에

매일 아침 한 대씩 놓고 출근하라고 주사 놓는 방법을 일러 주시고 가셨다.

나는 다음해 서울대 법대 들어가는 공부에 재도전하려고 모든 것을 다 잊어버리고 친구에게까지 부탁해 과외 공부를 하기로 한 상태에서 무서운 폐병에 걸린 것이다. 죽고 싶은 마음뿐이었다. 누구를 원망할 수도 의지할 수도 하소연할 곳도 없었다.

다시 마음을 가다듬었다.

'아니다. 내가 여기서 좌절하고 주저앉으면 우리 엄마의 마음을 누가 추스를 수 있겠나. 마이신이라는 좋은 약도 있고 안정만 하면 된다니 원장님 시키는 대로 하고 공부는 누워서 내가 할 수 있는 것만 해 보자.'

마음이 가벼워졌다. 그러고 나니 표정도 밝아졌다.

엄마에게 "원장님이 시키는 대로 하면 6개월이면 완치된다고 했어요. 기쁜 마음으로 원장님 하라는 대로 하기로 결심하니 기분이 좋고 다 나은 것 같네"라고 말했다.

그러자 어머니도 표정이 달라지면서 말씀하셨다.

"네가 돌이 지난 후 얼마 안 되어 열이 펄펄 난 적이 있는데 도무지 열이 안 내리기에 땀이나 확 내 보자고 하여 이불을 뒤집어씌웠어. 죽든 살든 마지막으로 이 방법밖에는 없다 싶어 땀이 나도록 몇 시간 기다리고 있다가 이불을 들춰 보니 온몸이 땀으로 흠뻑 젖어 있어 꺼안고 땀을 닦아 보니 열이 내렸더라. 그때 열이 안 내렸으면 너랑 이런 얘기도 못 할 뻔했어. 하느님이 도우셔서 너는 다시 일어날 것이고 만인지상인 인물이 될 것이라고 나는 확실히 믿어."

그러시고는 청량리 시장에 가신다고 하시면서 나가셨다.

나는 누워서 공부할 수 있는 책을 주섬주섬 머리맡에 준비해 놓고 밥을 먹거나 화장실 갈 때를 제쳐 놓고는 공부를 하거나 신문을 읽으면서 꼼짝 않고 드러누워 있었다. 말이 그렇지 스무 살이 되던 해인데 다리나 팔이 부러진 것도 아니고 어디가 쑤시고 아픈 것도 아닌데

24시간을 꼼짝 않고 누워 있는 것이 말처럼 쉬운 일이 아니었다.

어머니가 돌아오셨다.

"엄마, 시장 가려면 안식교(제7일 안식교 본부) 앞에 나가서 버스 타고 갔다 오지. 다리 아픈데."

"아까 네 얼굴을 보고 나서니 온몸이 그렇게 가벼울 수가 없고 올 때는 막 뛰어왔어. 나도 어디서 그런 힘이 났는지 몰라."

점심을 보니 감자 삶은 것을 짓이기고 그 안에 소고기 푹 곤 것하고 섞어서 죽을 만들었고 그 옆에 김치가 있었다. 그렇게 맛있을 수가 없었다. 내가 맛있게 잘 먹는 것을 보고 엄마는 흐뭇한 표정을 보이셨다.

나는 똑같은 생활을 계속했고 친구가 찾아오면 엄마가 잘 말해 돌려보내는 것 같았다.

점심을 먹고 누워서 곰곰이 생각하니 내 모습이 권투 경기로 말하면 어퍼컷을 맞고 연속해서 급소를 맞아 KO가 되어 링에 쓰러져 있는 권투 선수와 같았다.

6개월만 안정하면 된다니 누워서 영어 단어, 국어, 역사, 문학을 공부하고 서적으로는 삼국지, 신문 기사로는 〈경향신문〉 연재소설인 정비석 씨의 〈사랑〉 등을 읽으며 밥 먹을 때와 화장실 갈 때를 제외하고는 절대 안정을 취하였다.

나는 친척이라고는 시골 고향에 조부모는 돌아가시고 증조할아버지, 삼촌 내외분과 사촌들이 살고 있을 뿐이었고, 아버지가 중신하여 서울로 시집온 고모 두 분이 신당동에 살고 계셨지만 서로 살기 바빠 왕래가 거의 없었다. 내가 폐병에 걸려 누워 있는지도 그 당시로는 잘 몰랐을 것이다.

폐병으로 눕기 전 고3 학기 말 때 학교에서 모의고사 성적이 꼴찌에 가까운 게시물을 보고 힘없이 집으로 돌아오는데, 300미터 전쯤에서 우리 집을 쳐다보니, 폭격 맞은 집을 고칠 때 돈을 아끼느라 굴뚝을 나무 판때기로 만들었는데 부엌에서 땐 화기가 거기까지 번져 나무 판때기로 만든 굴뚝에 불이 붙은 것이 보였다.

있는 힘을 다해 뛰면서 "불이야!" 소리 지르고 발길로 질렀더니 나무로 된 굴뚝은 넘어지고 이웃집에 살던 친구 대두 등이 나와 지붕에 붙은 불에 물을 뿌려서 껐던 기억이 났다. 그때 만일 내가 그 불을 발견하고 발길로 그 불기둥 굴뚝을 질러 차지 않았다면 우리 세 식구는 허허벌판에 거지가 될 뻔했다.

내가 내 집 안방에 드러누워 홍릉고개를 뛰어서 장을 봐 끓여 주시는 어머니의 맛있는 영양식도 못 먹고 안정도 할 수 없어 거리를 헤매다 폐병으로 죽었을지도 모른다는 데까지 생각이 미치자 더욱더 마음이 편하고 어떤 면에서는 행복하기까지 하였다.

폐병 고치는 일은 계속되었다.

아침에 마이신 주사를 나에게 놓아 주고 누나는 학교로 출근하고 엄마는 홍릉고개를 뛰다시피 넘어 청량리 시장에서 나 먹일 먹을거리를 사오시고, 나는 누워서 내 나름대로 할 수 있는 대학 입시 준비를 하였다. 영어 문법이나 단어 같은 공부는 어지간히 되는데 수학 등

이과 과목은 외워서 할 수 없었을 뿐 아니라 기초가 없어 어떻게 해 볼 수가 없었다.

삼일병원 원장님이 한 달에 한 번 정도 우리 집으로 오셔서 관찰하여 주셨는데, 3개월 되던 날에는 병원으로 와서 사진을 찍으라고 하셨다. 석 달 만에 밖에 나오는 것이고 많이 걷지도 않아 엄마 손을 붙들고 걸었다.

그날은 엄마가 버스를 타자고 하여 버스를 타고 병원에 가서 X-ray 사진을 찍었다. 원장님은 사진을 보시더니 많이 좋아졌다고 하시면서 한 달 후에 다시 와서 찍어 보자고 하셨다.

한 달 후에 다시 갔더니 체중도 약 3킬로그램 늘고 X-ray상으로도 거의 다 나았으니 마이신 주사는 끊고 약만 먹고 한 달간 너무 움직이지 말고 조심하면 완치될 것이라고 하셨다.

한 달 후에 X-ray 검사로는 완치되었으니 정상 생활을 해도 된다고 하셨다.

추울 때 시작한 폐병 치료가 가을바람이 스산하게 불

던 때에 끝이 난 것이다. 친구들이 자주 모였던 종로3가 동혁이네 집에 갔더니 친구들 몇 명이 모여 있었는데 얼싸안으며 반가워하였다.

"태진아, 너 병 다 나았으니 축하주 한잔해야 한다"고 해장국집으로 가자 하며 친구들도 그리 기뻐하였다.

해장국집이 밤에는 열차집으로 이름이 바뀌고 막걸리를 팔았다. 오랜만에 술을 몇 잔 마셨더니 얼떨떨하기는 하지만 기분이 그리 좋을 수가 없었다. 그런데 술을 먹고 친구들을 보니 모두 서울 대학생인데 배지를 단 친구도 있었고 아닌 친구도 있었다.

나는 그 순간부터 약간 우울해졌다. 저 친구들은 자기 할 일(공부) 다 하고 건강도 좋고 부모 밑에서 지내는데 내 형편이 어느 면에서나 제일 열악하였다. 그 자리에서 친구들이 내가 죽을병에서 일어섰다고 이렇게 좋아해 주는데 내 내면의 아픔을 보여서는 안 되겠다 싶어 6·25 때 고향에서 몇 살 위인 친구들에게 배운 흘러간 노래(예를 들어 〈잘 있어라 부산항아〉)를 불렀더니 친구들도 〈베사메 무초〉 등을 신나게 부르고 이런저런 이야기로 기분 좋은 시간을 보냈다.

헤어지면서 시간 나는 대로 우리 집으로 와서 수학 좀 가르쳐 달라고 부탁하였다. 집에 돌아오니 엄마가 좀 놀라시는 표정이긴 했지만 그리 싫지 않고 희망의 세계로 돌아온 그런 분의 마음의 표현이랄까 그렇게 보였다.

그 이튿날부터는 정식으로 책상에 앉아 공부하기로 하였다. 그런데 거듭 하는 말이지만 이과 과목은 내 힘으로는 어떻게 할 방법이 없었다. 서울대 법대를 포기하고 육사를 지망해 볼까 생각했지만 그것은 학과 시험은 둘째 치고 신체검사에서 안 될 것 같았다.

엉뚱한 이야기인데 70세가 넘은 지금도 가끔 대학 입학시험을 치는 꿈을 꾼다. 수학 문제 앞에서 고민하는 꿈이다. 꿈인 것을 자꾸 인식하려 노력하고 빨리 깨려 애쓰다 진짜 깨 보면 꿈이었다.

'아, 60년 전 일인데 이놈의 수학이 내 일생을 괴롭히는구나.' 사실은 수학이 괴롭힌 것이 아니라 하느님의 뜻이란 것을 깨닫는다.

아버지가 살아 계셨더라면.

6·25 사변이 없었다면.

아니면 천재적인 머리가 있었다면, 같은 학년 친구들을 따라 갈 수만 있었다면….

입학원서를 제출하여야 할 시기가 다가왔다. 학교를 찾아가는 발걸음이 가벼울 수 없었다.

담임선생님을 찾아갔을 것이다.

"너 2차 대학 입학하지 않았냐?"

"하지 않았습니다. 집에서 입시 준비만 했습니다."

"그러면 공부 많이 했겠네. 요번에는 문제없겠네."

"아니요, 자신은 없습니다마는 다시 한 번 해보려고요."

별 말씀 없이 도장을 찍어 주셨다.

집에 돌아와서 상의할 사람도 없고 이렇게 해라 저렇게 해라 하는 사람도 없었다. 문간방 창에 혼자 턱을 대고 두 시간 동안 한곳을 집중해서 응시했다. 순간 죽어 버리고 말까 내 머리를 창틀에 몇 번 박고 또 박으면서 생각했다.

'너를 태양이나 하느님이라 알고 밤낮으로 기도하시는 외롭고 쪼들리고 아무데도 기댈 곳 없이 너만 바라보고 계시는 너의 엄마는…. 집에 있으나 학교에 가서 아이들 가르칠 때나 너에 대한 걱정만 하고 산다는 너의 누나는 어떻게 하라고. 아니다. 떨어지면 하느님이 너에게 계시를 내릴 것이다.'

내가 아파 안정을 취하는 5개월 동안 엄마하고 한방에서 잤는데 어느 날 새벽 1시쯤 되자 살며시 일어나 나가시는 엄마를 발견했다. 그 이튿날에도 같은 시간에 살짝 일어나 나가셨다. 사흘째 밤에는 나도 살짝 일어나 마루에 나가 보았다.

부엌에서 남쪽을 향하여 정화수를 떠 놓으시고 두 손을 비비시며 기도를 하시는 것이었다.

나는 물어본다, 물어본다 하면서 끝내 대놓고 물어보

지 못하고 영원히 이별하였다.

이런 내용의 기도는 얼핏 들렸다.

"하나밖에 없는 우리 아들 무병장수하게 하여 주옵소서."

의외였다. 내 생각으로는 크게 성공하게 해 달라고 하는 기도가 정상일 터인데 무병장수라니.

엄마에게는 하나밖에 없는 아들이 성공하여 돈을 많이 벌어 효도도 받고 영화를 누리고 싶은 욕심도 있었을 텐데, 엄마는 마음을 비우고 욕심을 완전히 내려놓고 한 생명이 건강하고 건전하게 오래 살았으면 하는 바람이 전부라는 생각에 다다랐을 때 생각했다.

'엄마가 하느님 같은 마음이었겠구나.'

그 기도는 하루도 거르지 않고 계속되었고, 의식불명인 상태에서 숨을 거두시는 순간에도 혼자 입술을 우물거리셨는데 그때도 우리 아들 무병장수하게 해 달라는 평소와 다름없는 기도가 입술만 우물거리는 모습으로 나타났을 것이다.

마에게 이야기하여, 얼마 안 되는 돈을 들고 동대문과 을지로 사이에 있는 헌책방에 가서 선배가 일러 준 헌 책을 사 들고 집으로 돌아왔다.

길이 보이니까 마음이 한결 가벼웠고 지긋지긋한 이과 과목이 없는 것이 나에게는 천만다행이었다.

그러는 동안 친한 친구들이 놀러와 "대학 졸업장은 하나 있어야 이다음에 취직하여 밥은 먹을 것 아니냐" 면서 집하고도 가깝고 해서 자기네끼리 제비뽑기해 경희대학교 영문학과에 원서를 제출하여 났다고 히였다. 며칠 후에 가서 시험을 꼭 보라며 그날 올 테니 같이 가자는 것이었다.

그리하여 누나가 어렵게 마련해 준 등록금을 내고 경희대에 입학을 하게 되었다.

3부

대학 진학
및
사법시험
합격 전

고등고시를 준비하기로 결심한 이상 경희대는 제쳐 놓고 20~30분 거리에 있는 고려대 도서관을 가 보았다. 학생들이 만원은 아니었다. 경희대가 가깝기는 하였지만 당시에는 도서관이 없었다.

그 이튿날은 더 일찍 법학개론과 한문백과사전, 엄마가 싸 주시는 도시락을 들고 고려대 도서관을 찾았다. 내가 제일 빨리 도착해 도서관 문 열기를 기다렸다. 매일같이 제일 일찍 가서 제일 늦게까지 책상에 앉아 있으니 도서관 경비원 아저씨하고도 얼굴을 서로 알게 되었고, 너무 열심히 다니니까 제일 앞자리 왼쪽 끝 조용한 자리를 내 지정자리쯤으로 정해 주셨다.

처음에는 한문백과사전, 도시락만 들고 갔었다. 피난 시절 엄마가 권해서 피우기 시작한 담배는 그때도 피웠다. 군인들에게 배급되는 화랑담배였다. 군대에서 빼돌려서인지 그것이 제일 값이 쌌다. 경비원 아저씨는 고맙게도 내 지정석에 재떨이도 하나 가져다 주셨다. 아마도 다른 학생들은 도서관 안에서 금연이었지 않나 생각된다.

고려대 법학과 1학년 학생에게 수업시간표를 물었다. 법학개론 수업이 10시부터 한 시간 있는 것을 알고 그 강의실로 가서 법학개론 강의도 들었다. 그때만 해도 경희대는 내 생각이지만 민법의 안의준 교수를 제외하고는 법과대학 교수라는 분들이 서울 고등학교에서 도덕 정도 가르치는 분들이었던 것 같다.

어느새 시간이 흘러 여름 휴가철이 되었다.

친구들이 찾아와 서해안에 있는 덕적도를 가자고 했다. 나는 엄마, 누나에게 승낙을 얻고 고려대 도서관을 찾아가 친구들이 서해안에 있는 덕적도를 가자고 해서 갔다 올 것이라고 아저씨에게 인사를 드렸다.

마음도 몸도 가벼웠다. 목표는 이미 설정되었고 몸에 있던 폐결핵 균도 다 죽었다니 가벼울 수밖에 없었다.

고등고시라는 것이 몇 달 해서 되는 것도 아니고, 내가 길을 정해 놓고 그 길을 열심히 가기 시작한 것이 1957년 3월인 것 같은데 그해 여름이었다. 같이 간 친구들은 전부 서울 대학생이었고 가정 형편도 대부분 나보다 나은 편이었지만 그때 내 마음속으로는 하나도 부럽지도 탐이 나지도 않았다. 이미 나도 갈 길을 정해 놓았고 목표가 있었기 때문이다.

모처럼 내 나름대로의 휴식이고, 아버지 잃고 6·25 사변 겪고 고향 피난살이도 끝낸 뒤 마음의 안식을 찾은 상태에서 떠나는 여름휴가라 그렇게 편안할 수 없었다. 집에 계시는 엄마를 생각하면 잠시 침울해지기도 했지만 내가 즐겁게 노는 것 또한 엄마를 기쁘게 하는 일이라 생각하여 마음껏 즐기기로 하였다.

덕적도 앞바다는 모래가 다른 해변보다 부드러웠고 모래밭 뒤쪽에는 소나무들이 꽉 들어 차 있어 주변 경관이 참으로 아름다웠다. 그때만 해도 살기가 어려운 때라 해변으로 휴가를 오는 사람은 그리 많지 않아 한산하여 영화에서 봤던 유럽의 어느 해변을 걷고 있는 듯 착각을 한 때도 있었다. 인천에서 하루에 여객선 한 척이 도착하는데 보통 오후 3시 정도로 그 시각이 되면 해변에 있는 사람들이 배에서 내려오는 사람을 보러 가는 것이 하루의 기다림이었다.

나는 여느 친구들과 같이 구김 없이 잘 놀고 즐겼다. 친구들과 나체로 사진도 찍고 바다에 들어가 물놀이도 하고 바닷고기도 잡으면서 일주일쯤 모든 것을 잊고 신나게 놀았다.

여든이 내일인 오늘까지도 그때와 같이 날아갈 듯 몸도 마음도 가벼운 휴가를 가본 일이 없는 것 같다.

휴가를 멋지게 끝내고 친구들은 학교로 돌아갔고, 나는 봄부터 시작한 고등고시 준비를 위해 고려대 도서관에 제일 먼저 도착해 가장 늦게까지 자리를 지키는 학생으로 자리매김했다.

도서관이 만원이었으면 '남의 학교 도서관 자리를 쓰는구나'하는 느낌을 가졌겠지만 고려대 학생들에게도 모범이 되었다. '저렇게 열심히 공부하는데, 나도 좀 따라 해야 되겠다'고 생각했는지 자기 자리를 정하고 열심히 공부하는 학생들이 늘어났다. 경비원 아저씨도 "송 군이 워낙 열심히 하니 다른 학생들도 많이 따라 하는 분위기라서 보기에도 좋다"고 하여 나는 아무런 양심의 거리낌이 없었다.

그해 겨울 증조부께서 많이 편찮으시다고 연락이 와서 고향에 내려갔다.

며칠 밤을 옆에서 자면서 이런저런 이야기를 많이 나눴다. 3일 밤을 자고 일어나시더니 "태진아, 문 좀 열어봐라" 하시어 문을 열어 드렸더니 들판을 내려다보시고 "아, 날씨가 너무 청명하구나" 하시면서 문을 닫으라고 하여 문을 닫았더니 목침을 베고 누우셨다.

조금 후 무엇이 떨어지는 소리가 나서 돌아보니 할아버지 머리가 목침에서 떨어지는 소리였다.

한참 들여다보다가 흔들면서 "할아버지, 할아버지" 하고 불렀다. 아무 대답이 없었다.

겁이 덜컥 나서 안채로 들어가 보니 봄이라 전부 들에 나가고 아무도 안 계셔서 마루에 올라서서 동네를 향하여 소리쳤다.

"할아버지가 돌아가셨어요!"

얼마 후에 들에서 일하던 숙부 내외가 들어오시고 장례 준비를 하는데 나로서는 네 번째 맏상주 노릇을 하게 되었다. 아버지가 제일 먼저 돌아가셔서 종손인 내가 유교식으로 맏상주가 된 것이다.

네 분 모두에게 나는 숨 거두실 때 임종을 한 자손이었다. 아버지가 제일 먼저 돌아가셨고 그다음에 할아버지가 돌아가셨으니 종손인 나는 손자로서 맏상주가 되었다. 그리고 할머니가 돌아가셨으니 종손이 맏상주를 승계하므로 맏상주가 되었고 증조할아버지가 돌아가셨으니 장손으로서 맏상주가 되었다. 심장마비로 돌아가신 아버지를 제외하고는 어머니는 물론이고 장인, 장모까지 임종을 다 하였으니 참 기구한 운명이다.

장례를 끝내고 증조할아버지 산소에 성묘를 하고 고

향집을 떠나는데 그렇게 슬플 수가 없었다. 고향에 자주 올 일도 없을 것 같고 그렇게 걱정하고 아끼시던 증조부까지 마지막 이별을 하였으니 그때의 착잡한 심경은 이루 표현할 수가 없다.

내 나이 스물한 살로 죽음과 이별에 대한 철이 좀 들었을 때였다.

상주에서 김천으로 가는 도중 고갯길에서 기차도 힘이 드는지 칙칙폭폭 하기에 창 너머로 우리 동네와 선산을 돌아보며 한없이 눈물만 흘렸다.

서울로 돌아와 새로운 각오로 고등고시 길을 가기 시작하였다. 열심히 하였다.

아침에는 이병도 박사가 지은 국사대관을 들고 목동산(현 경희대 뒷산)을 한 바퀴 돌고 나면 한 시간이 넘게 걸렸다. 아침을 먹고 나면 도서관으로 향했다. 시험에 합격한 후 국사대관을 몇 번 읽었나 세어 보니 110번은 조금 더 읽은 것 같은데 목동산을 몇 번 돌았는지 그것은 헤아릴 수가 없었다.

비나 눈이 세게 오는 날을 제외하고는 거의 빠지지 않고 돌았다. 한번은 책에 몰두하면서 산길을 걷는데 옆에서 무슨 소리가 나서 돌아보니 간첩으로 보이는 사람이 총을 겨누고 있어 신고하지 않는다는 뜻으로 손으로 입을 막고 나 살려라 하고 뛰어 집으로 온 일도 있다. 그때는 보안도 철저하지 못할 때였다.

어느 따뜻한 봄날 집에 와서 점심을 먹고 경희대 도서관(별장 정도 작은 건물)으로 향하는데 온 산이 아카시아 꽃으로 뒤덮여 있었고 향기는 천지를 진동하였다. 요즘에 피는 아카시아 나무에서는 향기가 나지 않는다. 시대가 변해서일까? 아카시아가 늙어서일까? 과학적으로 설명을 들었다. 아카시아에서 다시 향기가 짙게 풍기는 세상이 돌아오면 얼마나 좋겠는가.

양지바른 바윗돌 위에 서울대 교복을 입은 남학생과 내가 아는 여학생이 나란히 앉아 다정하게 이야기하는 것이 눈에 들어왔다.

도서관에 도착해 아카시아 꽃향기는 진동을 하는데

책을 펴 들여다보니 글씨가 세 줄로 보였다, 네 줄로도 보였다 하여 책을 덮고 그 위에 머리를 박고 잠을 청해 보았으나 잠은 오지 않았다. 다시 책을 펴고 읽으려고 했지만 책장이 시커멓다 하얀색으로 변할 뿐이었다.

다른 사람들은 자랑스러운 서울대 복장을 하고 어여쁜 여자 친구와 다정한 대화를 하며 청춘을 보내는데 나는 무엇인가? 무슨 보장도 없고 전공하는 과목도 내 마음대로 정해 놓고 그 길을 내 갈 길이라고 가고 있으니 한심하기 짝이 없는 몰골이어서 책을 싸 들고 집으로 왔더니 엄마가 깜짝 놀라 어디 아프냐고 물었다.

"엄마, 오늘은 공부가 잘 안돼서 시내에 나가서 친구들하고 놀다 들어올게" 하였더니 늘 차고 있던 주머니에서 차비를 꺼내 주셨다.

종로3가 서울대 상대에 다니는 이동혁 집을 갔더니 막 학교에서 돌아와 있었다. 동혁이가 친구들에게 연락하여 5명쯤 모여 종로에 가서 막걸리를 코가 비뚤어질 만큼 마시고 어떻게 왔는지 기억이 없는데 깨어 보니 집이었다.

　또다시 고등고시 길이라 마음을 다잡고 경희대 도서관으로 향하였다. 더 이상 세 줄, 네 줄로 보이지 않았고 더 분발하게 되었다. 한문 사전을 옆에 놓고 법률책에 나오는 한문 뜻을 완전히 이해할 수 있는 정도가 되었으니, 선배의 가르침이 큰 도움이 되었다.

　1년 반 정도 열심히 하였으니 연습 삼아 시험을 한번 치러 보는 것도 괜찮겠다는 생각이 들어 응시하게 되었다. 대학은 진리를 탐구하는 곳이라는 것을 귀가 따갑도록 들었는데 '아, 바로 이것이 진리이구나'하고 깨닫는 만큼의 식견을 가질 정도가 되었으니 내 나름대로 열심히 한 결과였을 것이다. 시험 자격은 대학 1학년 이상 수료자인가 그랬으니 자격은 있었고 응시 신청도 할 수 있었다.

　시험을 치렀다. 그 당시는 주관식 문제로 출제되었는데 주로 무엇을 논하라는 형식이었다. 내 추측으로도 합격하기엔 아직 많이 부족하다는 느낌을 얻은 것이 전부였다.

경희대에는 영문학과를 지원하여 합격하였으므로 영문학과 학생이었고, 시험 때가 언제인지 알아서 시험을 치렀고 학점을 주어서 고등고시 길로 가는 데는 지장이 없었다.

여름에 친구들과 만리포해수욕장으로 해수욕을 갔다 오기도 했다.

그동안 누나는 사귀던 사람과 결혼을 하였는데 직장을 구하지 못한 분이라 수입 없이 식구만 늘었으니 엄마가 얼마나 힘들었겠는가?

엄마는 한때 전라도 순천 출신 두 학생을 하숙을 쳐서 생활비에 보탰고 또 어떤 때는 혼자서 시루떡 또는 송편을 만들어 경희대 앞에서 학생들에게 팔아 내 등록금이나 생활비에 보태기도 하였다.

더위도 지나고 해수욕장에도 갔다 왔으니 내 갈 길은 고등고시 길이었다. 그런데 또 다른 큰 장벽이 나를 가로막았다.

징집영장이 나온 것이다.

지금은 아물아물한데, 대학을 계속 등록하면 졸업 때까지 징집이 연기되지만 등록을 안 하면 어느 시기가 됐을 때 영장을 발부했던 듯하다. 나는 첫해는 등록을 두 번 다 했는데 그다음부터는 집안 형편이 괜찮으면 하고 아니면 못 하고 그랬던 것 같다.

그해 10월경 하루는 공부하는 것이 좀 짜증나고 해서 일찍 집에 와 이발이라도 해야겠다며 엄마에게 이발료를 달라고 하였는데 돈이 없다 하였다. 여간해서는 엄마를 괴롭힌 일이 없는데 그날은 꼭 이발을 하고 싶어 엄마에게 떼를 쓰다시피 하여 동네 이발소를 갔다 왔다.

집에 돌아오니 엄마가 겁에 질린 표정이었다.

"엄마, 무슨 일 있었어?"라고 물으니 형사 두 사람이 너를 잡으러 왔다고 하면서 그 형사들에게 몇 달 전에 집을 나가 연락도 하지 않고 있어 크게 걱정하는 중이라고 말해 돌려보냈다고 하였다.

그 이튿날부터는 양철통 같은 도시락 두 개를 싸 달라고 하였다. 경희대 도서관이 6시쯤 문을 닫으면 홍릉 고갯길 옆 샘터에서 남은 도시락 한 개를 저녁으로 먹고 서울대 상과대학 도서관으로 갔다. 그곳은 10시까지 문을 열고 있었다.

그 후 한 번인가 낮에 형사들이 찾아오고 나서 크게 말썽은 없었다. 더욱 열심히 고등고시 길을 달렸다. 워낙 열심히 하니 어느 정도 자신도 붙었다.

요즘도 경희대 후배 법조인 중 그 당시 공부할 때의 나를 기억하는 사람들이 있는데, 경희대에서 지금의 본관 옥상에 천막을 쳐 놓고 거기를 도서관으로 이용하던 때였다. 한여름 찜통 속 그 천막 도서관에서 바지를 걷어 올리고 열심히 하던 선배를 본받아 '저렇게 해야 되는 거구나' 싶어 자기도 따라 하였더니 합격하였다고 옛 이야기를 한다.

1958년 시험에 떨어졌던 것 같다.

삼 세 번이다. 이번에는 꼭 합격하고야 말겠다는 굳

은 각오를 했다.

1959년 시험이 다가오는데 또 커다란 장벽이 나를 가로막았다. 8월 하순이 시험인데 7월 말경부터 소화가 안 되고 배가 빵빵해져 꺼지지 않는 것이었다. 큰일이었다. 이번에는 시험일까지 해 오던 대로 해서 시험만 보면 붙을 것 같은데 소화가 안 되니 죽을 지경이었다.

엄마한테 얘기했다.

"엄마, 쌀 조금하고 꽁치깡통 몇 통만 싸 주면 소화불량을 내가 고쳐 와서 시험 볼 거야."

엄마는 내 말이 떨어지자마자 준비해 주셨다.

그 당시 춘천 가는 길목에 덕소라는 동네가 있었는데 옆으로 흐르는 한강 변에 펼쳐진 모래사장이 넓고 경치가 아름다운 곳이었다.

강변에 조그만 촌락이 있었는데 한 집을 들여다보니 우리 엄마 비슷한 또래의 여인이 무엇인가 일을 하고 있기에 "아주머니"하며 나의 전후 사정을 이야기하였다. 그랬더니 "아유, 우리 아들도 군대 갔는데 내가 해 주고 말고 여부가 있나"라며 정말 집을 나간 아들이 돌아온 듯 극진히 돌봐 주셨다.

나는 아침 먹고는 강물에 들어가 수영은 할 줄 모르니까 강물 안에서 뛰거나 걸었고, 점심 먹고도 해가 질 때까지 지칠 대로 지칠 때까지 움직였다.

일주일이 지나니 배가 쑥 꺼지고 소화도 잘 되고 정상으로 돌아왔다. 그 다음 날 챙길 짐도 별로 없고 해서 일주일 묵는 동안 그렇게 정성껏 돌봐 주신 아주머니께 진심으로 감사하다는 말씀을 드리고 집으로 돌아왔다.

엄마는 얼마나 걱정하고 기도하셨을까?

얼굴이 야윈 것 같은 느낌이라 "엄마 얼굴 살이 빠졌다"고 하였더니 "아니다. 나는 아무렇지도 않다"면서 "어떻게 지냈냐?"고 물어서 있는 그대로 답하고 "이제는 모든 것이 정상이야"라고 하였더니 그렇게 좋아하실 수가 없었다.

시험이 열흘 정도밖에 남지 않아 책을 끼고 천막 도서관으로 갔더니 후배들이 어디 갔다 왔느냐며 모여들었다. 전말을 있는 대로 얘기해 주고 이제 정리를 하여 시험을 볼 것이라 하였다.

행정과를 먼저 치른 것 같다.

다른 과목은 다 잘 치렀는데 꼭 돼야겠다는 조바심 때문에 국사 문제를 잘 보지 않고 급하게 답안을 썼다. 다시 보니 조선 말의 무엇을 논하라는 것이었는데, 그 것을 고려 말이라고 잘못 보고 내 나름대로 자신 있게 써 내려왔던 것이었다.

시간을 보니 5분 전이었다. 다시 답을 쓰자니 시간도 없고 지면도 없었다. 마지막을 이렇게 채웠다. '교수님, 문제를 급히 읽다가 조선 말을 고려 말로 착각을 하여 답을 썼으니 과락만은 면하게 해 주십시오.' 그렇게 쓰고 시간이 되어 나왔다.

큰 실수라면 큰 실수이고 작은 실수라면 작은 실수였는데, 한 인간의 운명이라는 것이 순간적인 실수이든, 인간관계든 경중을 가리지 않고 앞에 닥친 것을 좀 더 침착하게 신중하게 처리하지 않으면 그 결과는 엄청난 차이로 나타난다는 것을 깨달았다.

며칠 후 사법과 시험이 있었다.

이때는 아무 실수 없이 내가 공부한 만큼 답을 써서 무사히 마쳤다. 나 스스로 생각해도 행정과는 국사 때문에 어려울 것 같고 사법과는 어지간하면 되지 않겠나 하는 기대를 하게 되었다.

벌써 계절은 가을로 접어든 9월 초순이었다.

예년에도 그랬지만 시험 발표를 하고 실패를 해야 그때 다시 출발했는데 일단 실패를 하면 누구도 따라올 수 없을 만큼 열심히 하였다.

발표 때까지는 친구들을 자주 만나 술도 많이 마시며 인생이 '이렇고 저렇고' 제 나름대로 가지고 있는 생각도 털어놓다 보니 언제 지나갔는지 크리스마스이브가 되었다. 그날따라 행정과 발표하는 날이라 발표장인 총무처 발표 게시판을 뚫어져라 쳐다봐도 내 이름은 보이지 않았다.

총무처를 나오니 갈 데가 없었다. 집에 들어가자니

엄마, 누나에게 할 말이 없고 친구들은 그들 나름대로 무슨 파티다, 연인과 만난다 하여 전화하는 것이 미안해서 광화문을 나서 종로 거리를 걷는데 한길이 꽉 막힐 정도로 많은 사람들이 오가고 있었다. 그 당시는 크리스마스이브를 서양 사람들보다 우리가 더 야단스럽게 보냈던 시절이었던 것 같다.

종로 4가에 오니 마침 의정부 가는 버스 정류장이 보였다. 의정부행 버스를 탔다.

6·25 때 춘천에서 하우스보이 하던 친구가 의정부 조금 지나 주내면 주둔 미국 2사단 사단장 통역을 하고 있을 때였다. 물어물어 찾아갔더니 의외로 혼자 하숙집에 있었다. 둘이서 시내로 나와 술을 먹으면서 살아온 이야기, 살아갈 이야기를 많이 한 것 같다.

우리는 공통점이 많았다. 첫째는 나이 어릴 때 아버지를 잃었고, 둘째는 아버지가 없기 때문에 가난했고, 셋째는 홀로 계신 어머니를 어떻게든 편안하게 모시고 가족들을 돌봐야 하는 짐을 지고 있다는 것이었다.

그 친구가 암으로 돌아올 수 없는 먼 길을 떠났을 때 참으로 많이 울었다.

집으로 돌아왔다.

어머니와 누나는 "어디 갔다 왔니?"하며 안 들어와서 걱정을 했다는 표정이었고, 이강유한테 하소연하고 왔다는 말에 "1년 더 열심히 하면 된다"고 하였다.

한 해를 넘기고 1960년 1월 초에 다시 도서관에 나가기 시작하였다.

사법고시는 1월 말에 발표한다는 통지를 받았다. 사법고시도 떨어진다는 전제 아래 공부를 시작하였는데, 사법고시 발표하는 날 결과를 보고 싶어 또 총무처를 찾아갔다.

총무처 옆문(현재 광화문)으로 힘없이 걸어 들어가고 있는데 어떤 친구가 "형님 합격했어!"하고 나를 향해 소리치는 것이었다.

그 친구가 누구인지 이름도 얼굴도 기억나지 않는다.

그 소리를 듣자마자 생시인지 꿈인지 모를 정도로 흥

분되어 발표문이 붙은 입간판으로 뛰어갔다. 그 입간판 앞에 사람이 몇 있었는데 발표문을 들여다보니 시꺼멓다가 전부 백짓장이 되는 영상만 내 눈에 보일 뿐이었다. 옆에 서 있는 사람에게 내 수험번호와 이름을 알려주고 내 이름이 있는지 보아 달라 하였더니 '멀쩡한 사람이 왜 이러나'하는 이상한 눈으로 보았다.

내가 발표장에 들어올 때 어느 후배가 합격했다고 했는데 찾지를 못해서 도움을 청하는 거라고 하였더니 그제야 합격판을 보고는 "여기 있네요"라고 하였다. 그 사람이 손으로 짚은 곳을 눈을 다시 비비고 한참 들여다보니 내 이름이 선명하게 보였다.

그때부터 뛰기 시작하였다. 광화문을 뛰쳐나와 지나가는 택시를 잡아타고 운전수 아저씨에게 라이터 있으면 좀 빌려 달라고 하였더니 라이터를 빌려 주었다. 그런데 손이 떨려 라이터를 켤 수가 없었다. 내 모습을 거울로 본 아저씨는 "젊은 학생 왜 그렇게 떨어?"라고 물으셨고, "아저씨, 내가 고등고시에 합격해서 그래요"하였더니 차를 옆에 잠깐 멈추고 담배에 라이터를 켜 불을 붙여 주셨다.

"학생 몇 살이야?"라고 물어 "스물다섯 살이요"라고 답하였더니 "참 신통하구먼" 하시는 사이에 차가 회기동 집 근처에 도착하였다. 택시 값을 내려고 하였더니, "학생, 크게 성공해서 좋은 일 많이 해. 나는 택시 값은 안 받겠어" 하시면서 휙 달아나는 것이었다.

"좋은 일 많이 해." 그 말은 내가 목숨이 끊어질 때까지 잊을 수 없는 깊은 뜻을 가진 말이었다.

팔순을 맞은 지금도 그 아저씨의 좋은 일 많이 하라는 말씀을 되새겨 본다. 정의롭고 착한 일을 하여 사회와 국가에 봉사하라는 뜻이었을 것이다.

지나온 세월을 되돌아보면서 나 자신을 깊이 있게 들여다본다. 과연 좋은 일을 하고 살았는가?

나를 아는 사람들이 나를 어떻게 볼 것인가를 더듬어 본다.

남은 삶이나마 그 기사 아저씨 말씀대로 좋은 일 많

이 하고 살아야 할 텐데….

그때가 오후 6시쯤이었다.

집 대문을 밀고 들어가면서 "엄마, 나 합격했어" 하였더니 엄마는 안방에서, 누나와 매부는 건넌방에서 마루로 뛰어나왔다. 엄마는 아무 말 없이 부엌으로 들어가 정화수 떠 놓고 기도를 하셨고 누나는 "정말이야?" 하면서 어쩔 줄 몰라 했다.

엄마는 고등고시라는 것이 무엇인지 정확히는 모르셨다. 합격하면 판검사가 되고 보통 열심히 하지 않고는 합격할 수 없다는 정도로만 알고 계셨지 판검사가 무엇 하는 직업인지도 잘 모르셨을 것이다. 그러므로 합격했다고 하니 큰일을 해낸 것은 틀림없는데 앞으로 무엇이 어떻게 되는 것인지에 대해서는 알지 못하셨기 때문에 구체적인 이야기는 없으셨다. 한번은 혼잣말처럼 "너의 아버지가 살았으면 얼마나 좋아하겠냐"면서 나를 쳐다보고 웃으셨는데 기쁘고 감격한 마음을 드러낸 소감이 그 정도였다.

누나는 국민학교 선생하면서 보태 준 등록금이 큰 효과를 보았다는 느낌과 자랑스러움에 한껏 부풀어 있었고 매부는 약간은 삐딱한 것같이 느껴졌다. 자기와의 비교는 물론 '대학도 매번 떨어지던 놈이 안 될 짓을 하고 있구나'하고 있는데 의외로 되고 보니 시기 질투는 아닐지라도 그렇게 기뻐하지는 않은 것 같은 느낌이고 주위 친척들은 깜짝 놀란 표정이었다. 나 역시 어떻게 살아야겠다는 등 구체적인 계획은 없고 우선 군복무 의무를 마쳐야겠다는 것이 앞에 닥친 일이었다.

나는 가족에게 알려 놓고 바로 뛰어나와 택시를 타고 종로3가 동혁이네 집으로 달려갔다. 동혁이에게 "나 사법과에 합격했어" 했더니 "난 너 합격할 줄 알았어. 너만큼 열심히 해서 합격하지 않으면 어느 놈이 합격하겠냐?"고 하면서 나를 껴안고 기뻐해 주었다.

한 시간쯤 뒤에는 7~8명이 모였다. 옥인동 열차집에 가서 막걸리를 실컷 마셨다.

그 이튿날 신문을 보니 합격자 명단이 기사로 실렸

다. 그 당시는 그것이 뉴스거리였던 모양이다.

아침을 먹고 엄마 옆에서 쉬고 있는데 누가 경희대 총장실에서 왔다면서 총장이 보자고 하니 함께 가자고 하여 따라 나섰다. 걸어서 5분 거리인 학교 본관 앞에 다다르니 돌기둥에 '법과대학 재학생 송태진 군 사법과 합격'이라는 현수막이 길게 걸려 있었다.

총장실로 안내되어 총장님을 만났다. 총장님은 "우리 학교로서는 처음일 뿐 아니라 대단한 영광"이라고 하시면서 앞으로 등록금은 면제라고 하셨다.

그 당시는 20대 중반이니 혈기가 넘쳐서인지 사고도 많이 쳤는데 그때마다 다행히 잘 넘어갔다.

지금으로부터 약 50년 전의 일이다.

어느 날 국방부에서 법무장교 훈련을 받으러 오라는 통지가 왔다. 그해 3월 말이라고 기억되는데 집합 장소는 전라도 광주 보병학교 훈련소였다.

나는 독학 비슷한 공부를 했기 때문에 아는 사람이라고는 없었다. 훈련 기간은 3개월쯤 되는 것 같았다. 훈련 받으러 가는 것이 아니라 소풍 가는 기분으로 떠났고 엄마도 별 걱정을 안 하셨다.

일단 옷을 갈아입히고 소대장이라는 사람이 들어와서 "제군들은 앞으로 다른 부대원들보다 더 철저한 교육을 받아야 한다"고 했다. 나라의 기본 질서를 지켜야 하는 사람들이라고 하면서 먹는 것, 자는 것, 걷는 것 모두를 직각으로 해야 한다고 시범을 보여 주었다.

그가 바로 훗날 육군사관학교 교장을 지낸 김복동 대위였다. 고시 합격했다고 어물쩍 넘어가려 하면 절대로 용납하지 않는다고 크게 겁을 주었다. '우리도 이 훈련만 끝나면 바로 중위이고 나이가 비슷하거나 자기보다 나이 많은 사람도 많은데 헛소리 하는구나' 싶었다.

날이 갈수록 기합은 심해졌지만, 그 입에서 나오는 말이 진심 어린 애국심에서 나온 것이라는 느낌과 함께 저런 자가 모범적인 육사 졸업생이라는 것을 알고 육사 졸업 장교생을 다시 보게 되었다.

그때는 기합이라는 것이 엎드려뻗쳐 시켜 놓고는 야

구방망이로 엉덩이를 한 열 번 후려치는 것이었다. 처음 몇 대는 몹시 아팠지만 그 다음은 감각이 없을 정도였다. 또한 말이 쉬워 직각이지, 배도 곯고 농사일도 안 해 본 것 없이 다 해 본 사람이지만 두 팔, 두 다리 쭉 뻗고 반듯하게 누워 잔다는 것은 불면증이 있는 나에게는 여간 고통스러운 것이 아니었다.

두 달 이상 고된 훈련을 받았는데 어느 날 아침 일찍 장교복을 막사로 가져와 갈아입으라고 했다. 그리고 소지품을 갖고 연병장에 모이라 해서 얼떨결에 하라는 대로 준비해서 갔더니 군법무관 장교 후보생은 내일 아침 육군 법무감실로 출근하면 된다며 지금 떠나라고 했다.

그러면서 김복동 소대장은 너무 험하게 훈련시킨 것을 섭섭해하지 말고 앞으로 좋은 결과를 맺기 위한 것이니 모범적인 법무관이 되어 달라면서 헤어짐을 몹시 아쉬워했다.

그게 바로 5·16 아침이었다. 그 이튿날 육본에 갔더니 감찰부가 있고 또 다른 부서가 있었는데 감찰부에 배속

되었다. 육본에서 기억나는 것은 중학교 1학년 때 짝 했던 천재 중의 천재 이세영의 아버지이며 변호사협회 회장이신 이병린 변호사가 구속되어 계신 것이었다.

당시 비상사태가 선포되어 있었다. 5·16 쿠데타를 반대하다 구속수감 되셨는데, 내가 다른 일은 할 수 없었고 감찰부장께 말씀드려 바둑 두시고 점심 드실 수 있도록 내가 있는 사무실로 매일 나오시게 했다.

육군 본부에서 일동에 있는 5군단으로, 5군단에서 6관구 사령부로, 6관구에서 수도 경비사로 전전 근무하다가 만 4년 가까이 되어서야 제대할 수 있었다.

/ 4부 /

검사
임용 후,
검사
시절

1

군법무관 시절로 돌아가 결혼 이야기를 해야 할 것 같다.

나는 군법무관이 된 지도 4~5개월밖에 안 되었고 여자 친구는 있을 겨를도 없었고 여자 친구를 사귈 형편도 아니었다.

1960년 초가을쯤 윗분의 지시로 서울 시청에 갈 일이 생겼다. 시청에서 볼일을 보고 나니 고교 동기인 서울시청 위생시험소 소장 생각이 났다. 온 김에 그 친구 한번 보고 가야겠다는 생각이 머리를 스쳐서 그를 찾았다.

그는 마침 시험실에서 무슨 실험을 하고 있었다. 이름은 이원각이었다. 오랜만이니 퇴근 후 저녁이나 먹자고 하여 시청 앞에 있는 반도호텔에서 양식을 사 줘서 먹었는데, 나는 평생 처음 코스로 나오는 양식을 먹어

보았다.

저녁 먹으면서 이런저런 이야기를 하다 "우리 실험실에 경기여고를 나오고 이화여대 약대 졸업 예정인 학생 여섯 명이 실습생으로 나와 있는데 괜찮은 여학생들"이라며 한 명 소개해 준다고 하였다. 나는 그때까지는 여자와 길게 사귀어 본 적도 없었고, 여자를 사귀어 봐야겠다는 생각도 없었다. 그런데 이 친구는 참 좋은 여학생들이니 그중 한 사람을 데리고 시청 앞 다방으로 같이 나올 테니 내일 나도 나오라고 하였다.

부대로 돌아오면서 그날 저녁에도 내가 지금 여자 친구를 사귈 형편인가를 생각해 보았다.

'아니다.' 우리 집은 누나 내외와 조카 하나, 어머니와 나까지 다섯 식구가 누나의 국민학교 선생 월급으로 먹고살고 있는 형편이었고 내 육군 중위 월급으로는 친구들하고 술 한 잔씩 가끔 먹고 용돈 쓰기에도 바빴다.

그러나 이미 약속을 하였으므로 약속 장소에 안 나갈 수는 없어 시청 앞에 있는 다방으로 나갔다. 소개해 준

여학생은 뛰어난 미인도 아니고 아주 밉게 생긴 얼굴도 아닌 평범하고 단정한 여학생이었다.

차를 한잔 마시고 다시 만나자는 예의 표시를 하고, 친구와 둘이서 막걸리 집에 가서 살아온 이야기와 살아갈 이야기를 두서없이 서로 하고 만났던 여자에 대해서는 몇 마디밖에 하지 않았다. 내 친구도 그녀가 경기여고 나오고 이화여대 약대 졸업 예정이라는 사실 이외에는 더 아는 것이 없었다.

그 이튿날, 밖에서는 그렇게 전화 걸기 어렵다는 육군본부로 전화가 왔다. 전화 받는 순간 '이거 뭐라고 답을 해야 하나'하고 머리가 뒤숭숭했지만 순진한 학생이 전화를 한 것에 예의상으로라도 차나 한잔하자고 할 수밖에 없었다.

생각대로 시청 앞 다방에서 차나 한잔하자고 하였다. 만나 달랑 차 한잔 마시고 헤어지기도 어려웠다. 명동 쪽으로 가다가 짜장면 집에 들러 저녁을 때우고 헤어졌다.

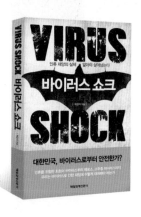

인류 재앙의 실체 알아야 살아남는다
바이러스 쇼크

최강석 지음 / 15,000원

인류를 위협한 최초의 바이러스부터 지카 바이러스까지
세계적인 전염병 전문가 알려주는 바이러스에 대한 모
든 것! 신종 바이러스에 대한 세계적인 대처법부터 개인
이 바이러스를 막을 수 있는 예방법까지 알려준다.

합격을 부르는 공부법
미친 집중력 x 미친 암기력

이와나미 구니아키, 미야구치 기미토시 지음 / 각 12,000원

상위 1%가 되려면 집중력으로 승부하라!

성적이 급상승하는 효과적인 공부법! 일본에서 64만 부
이상 판매되며 공부법의 혁명을 불러일으킨 집중력 향
상 프로젝트! 이 책을 통해 미친 암기력의 세계를 경험
할 수 있다. '집중력의 신, 암기의 신'이 되어 보자!

사람 좋은 리더가 회사를 망친다

똑똑하게 화내는 기술

고야마 기즈요시 지음 / 13,000원

성공한 리더들이 알려주는
'제대로 화내는 기술'을 배워라!

일개 사원은 절대로 이해하지
못할 사장의 속내

사장은 왜 당신을
간부로 임명하지 않는가

고야마 노보루 지음 / 12,800원

"인정하기 싫지만, 고개가 끄덕여진다!" 당신
의 답답한 가슴을 꿰뚫어버릴 꽉 찬 돌직구!

기업전문기자 김대영의 위기관리 이야기

평판이 전부다

김대영 지음 / 16,000원

평판 관리에 관한 가장 친절한 매뉴얼.
개인 평판과 기업 평판까지 아우른 책

고전 우화에서 발견한 인사이트 60

잘 나가는 리더는 왜 함정에 빠질까

장박원 지음 / 14,000원

우화로 꿰뚫는 경영의 본질과
위기 극복의 지혜!

열정은 결코 상처받지 않는다
알리바바 마윈의 12가지 인생강의

장옌 지음 / 16,000원

**마윈 회장의 성공 비결을
12가지 강의로 풀어내다!**

가난한 집안에서 태어나 비명문대를 졸업한 그가 어떻게 중국 최고의 부자가 되었을까? '성장, 끈기, 창업, 기회, 경영, 리더, 관리, 혁신, 경쟁, 전략, 투자, 생활'이라는 12가지 키워드로 마윈의 성공법을 보여준다.

HARVARD MUST READ SERIES
하버드 머스트 리드 시리즈

피터 드러커 외 지음 / 총 6권 / 80,000원 / 낱권 구매 가능

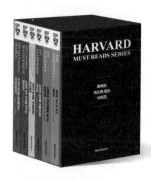

'기본으로 돌아가 최고를 만드는' 하버드 머스트 리드 시리즈. 《하버드 비즈니스 리뷰(HBR)》에서 꼭 읽어야 할 대가들의 글을 주제별로 10개씩 엄선한 컬렉션. 인적자원관리, 변화관리, 리더십, 자기경영, 경영전략, 핵심이라는 6가지 주제의 경영학 이론과 사례를 담았다.

| 경쟁력 있는 조직을 만드는 변화관리 |
| 조직의 능력을 끌어올리는 인적자원관리 |
| 조직의 성과를 이끌어내는 리더십 |

| 개인의 능력을 극대화하는 자기경영 |
| 차별화로 핵심역량을 높이는 경영전략 |
| 하버드 머스트 리드 에센셜 |

쌍문동 아기 공룡이 부활한다!

아기 공룡 둘리 (총 5권)

김수정 지음 / 12,000원(각권) 50,000원(세트)

'한국인이 가장 좋아하는 캐릭터 1위' 둘리! 어른에
게는 추억을, 어린이에게는 상상력을 선물한다.
순수했던 그때로의 추억여행!

《한비자》로 나를 세우고
《도덕경》으로 세상을 깨치다

지략의 한비 지혜의 노자

상화 지음 / 13,800원

춘추전국시대부터 이어진
불멸의 지혜를 담다

아침 30분이 당신의
3년 후를 결정한다

일찍 일어나는 기술

후루카와 다케시 지음 / 12,000원

50만 명 직장인이 공감한
성공습관 시간표

그 후 또 만나 차 한잔 마시고 저녁 먹고 이런저런 이야기를 하다 헤어지기를 여러 번 반복하였다. 그러다 보니 가정 이야기, 형제간 이야기, 학교 이야기 등 대화를 많이 하게 되었다.

내가 만일 정상적인 대학 생활을 하였다면 여자 친구도 사귀어 보았을 것이고, 지금 만나는 친구와 비교도 할 수 있었을 텐데 나이는 스물여섯 살인가 되었어도 여자에 대해서는 백지 상태나 다름없었다. 그래서 가정 형편이 어떻고 성격이 어떻고를 따져 볼 능력도 없었고 생각할 필요도 없었다. 여자 친구는 만나서 이야기하고 저녁 먹고 하는 정도로만 생각하였다.

고등학교 동기 중에서는 반정신이상자 비슷하게 여자를 따라 다니는 친구를 보기는 하였다.

그러나 시간이 흐를수록 만나는 횟수가 많아져 서로 친숙해지고 스스럼없이 대하는 것이 자연스러운 일이 되어 버렸다. 그 학생은 다음해 봄에 대학을 졸업하게 되었고, 그 집도 들락날락하게 되었는데, 졸업 후에 무엇을 할 것인지도 결정을 하지 않고 나를 만나는 것이 생활의 전부였다. 나는 평소 여자는, 더구나 결혼할 여자라면 머리가 좋아서 똑똑하고 공부도 잘하고 사리 판단을 잘하며 현명해야만 남자를 잘 보필하고 가정주부로서 일가친척이나 시부모에게 잘할 것이라는 확신이 머리를 꽉 채우고 있었다.

그런 생각을 가진 사람에게 거기에 딱 맞는 여자를 소개받은 것이다. 그러나 성장과정과 그 집 가정 사정을 전혀 몰랐고 그 사람의 인격은 물론 성품이나 취미, 생활습관, 가족 간의 관계 등 아는 것은 거의 없었다.

나는 남녀공학을 나왔기 때문에 여자 동기생들의 일생을 겉으로 나타난 것은 많이 안다. 이제 80이 되어서야 내 확신이랄까 생각이 꼭 들어맞는다고는 생각지 않는다. 내 아들딸들이 상대방을 선택하는 데 큰 도움을 준 것도 없다. 참으로 어정쩡한 사람이다.

그러므로 나도 만나는 것이 싫지는 않아서 계속 만났고 또 일선근무를 한 번은 해야 하므로 포천 위 일동에 있는 5군단으로 발령이 났다.

지금은 우리나라 교통 사정이 천지개벽을 하였다. 그 당시만 해도 서울서 일동을 가려면 지프차로도 두 시간 가까이 걸렸는데, 그 학생은 일동까지 와서 내가 퇴근한 후에 저녁을 함께 먹으며 여러 가지 이야기를 하면서 동무 노릇을 해 주고 갔다. 가고 나면 섭섭하고 고맙고 했던 기억이 남아 있다.

그해 가을 10월 27일, 명동에 있는 은행 회관에서 여러 가지 많은 어려움을 이겨 내면서 결혼을 하였다.

우리 집은 큰 혼란이 벌어졌다. 어려운 살림이니까 집을 살 수는 없고 누나네 식구가 새집을 구해 나갈 수밖에 없었다. 누나는 조그마한 전세방을 얻어 나갔고 나는 여전히 5군단에 근무하였기 때문에 주말에 집에 나왔다 주초에 부대로 돌아갔다.

부대에 돌아가서나 집에 와서나 어머니와 처 사이의 갈등 때문에 잠시도 편할 때가 없었다. 살아온 방식이 너무 달랐기 때문이기도 했다.

우리 장인은 6·25 사변 당시만 해도 경남마산 경찰서장, 부산서부서장을 거쳤고 사변 후 서울서대문서장을 하시면서 이기붕 씨를 국회의원으로 당선시키고 그분을 끼고 살았으니 그때로서는 대한민국의 최상위급 생활을 했을 것이다. 한 예를 들면 우리 집사람도 아침에 잠에서 깨면 일단 음악을 켜야 했고 커피 한 잔 놓고 신문을 읽는 것이 인간의 본능인 것처럼 느꼈고 인간이면 누구나 그렇게 일상생활을 하는 것으로 알고 있던 사람이었을 것이다.

우리 처가와 내가 살던 집은 구조 자체가 달랐다. 그 집은 그런대로 일본인이 살던 양옥집이었고 내가 살던 집은 ㄷ자 일반 한옥이었다. 사람이 작은 집에서 살다가 넓은 집으로 가면 편안하다고 느끼지만 그 반대이면 생활하는 데 많은 짜증과 불편이 따르는 것은 당연한 것이 아니겠는가.

반면 우리 어머니는 아버지가 돌아가시고 피난 생활을 겪으면서 고기 한 근을 사 보신 일이 없고 된장찌개에도 두부 한 모를 다 썰어 넣지 못할 정도로 모든 것을 아끼고 또 아끼면서 살아온 분이다.

부대에서 돌아오면 분위기는 얼어붙을 대로 얼어붙어 있고 나로서도 어떻게 할 방법이 없었다. 경상도 속담에 '과부의 외아들한테는 딸 주지 말라'고 하였고, '정지(부엌)에 가면 마누라 말이 옳고 안방에 가면 어머니 말이 맞는다'는 말이 있다.

나는 5군단에서 서울 6관구 사령부로 전근이 되었고 결혼 다음해 6월에 큰딸이 태어났다. 해산 후 1개월은 경희대 앞 옛집에서 조리하며 살았다. 처의 친정이 용산구 갈월동이었는데 좀 더 조리할 겸 처가에 딸아이하고 가 있으라고 권유하여 그렇게 하였다.

회기동에서 6관구 사령부를 가려면 갈월동 앞 큰길을 거쳐 가야 했다. 갈월동을 지날 때마다 딸과 아내를 생각하지 않을 수 없었다. 그렇다고 회기동에 어머니를 혼자 두고 갈월동에 가서 멀쩡한 놈이 더부살이 처가살이를 할 수도 없는 노릇이었다.

그 집도 나를 도와줄 형편이 못 되었다. 회기동에 데리고 와서 같이 살아야겠는데 엄마와 아내는 하나부터 열까지 한 가지도 맞는 것이 없었다. 다만 단 한 가지 엄마도 아내도 나를 끔찍하게 아끼는 것만이 공통점이었다.

어느 날 장인이 부른다고 하여 갔더니 남영동 길가에 조그마한 가게를 얻었으니 거기서 약방을 해 보라는 것이었다. 그래서 경험도 없는 약방을 시작하였다.

아침 6시쯤 일어나 약방문을 열고 8시쯤 들어와 아침을 먹는 둥 마는 둥 먹고 6관구로 출근했다. 퇴근 시간만 되면 바로 약방으로 퇴근하여 옷 갈아입고 11시 이후에나 약방문을 닫고 들어가서 자고 그 이튿날 아침이면 또 약방문을 열고 하길 근 1년 가까이 했나 보다.

그런 식으로 약방을 했으니 돈이 벌릴 리도 없고 나만 물심양면으로 골탕을 먹었다. 전역할 시기도 다가왔고 약방도 해 봐야 뜻대로 되지 않아 문을 닫았다.

약방을 하게 되니까 처가에 머무를 수밖에 없었다.

주말에도 약방을 열어야 하니 처는 딸아이 돌보고 나는 약방을 지키느라 어머니 뵈러 갈 시간이 없었다.

겨울인데 초라한 두루마기를 입으신 어머니가 갈월동을 찾아오셨다. 그동안 아들이 얼마나 보고 싶었으며 어떻게 생활하는지가 오죽이나 궁금하셨을까. 내가 피난 시절에 홀로 서울에 올라와 떨어져 있어 본 이후 처음 있는 일이었고 아마도 밤에 잠도 자지 못하고 괴로워하셨을 것이다.

약방을 그만둔 후에도 갈월동에 한동안 머물러 있었다. 6관구에서 퇴근한 후에는 약방 일을 할 것도 없고 처와 딸이 있는 갈월동으로 들어갔는데 어머니에 대한 죄스러움 때문에 참으로 괴로웠다.

한 예로 버스를 타고 퇴근을 하는데 '오늘은 어머니한테 가서 자야겠다'고 생각하고 갈월동을 지나쳐 나도 모르게 서울역 맞은편에 내렸다. 아마도 딸과 처가 눈에 아른거려서 본능적으로 내린 것 같다. 서울역 근처에서 짜장면인지 국밥인지 한 그릇 사 먹고 하늘을 쳐다보니 갈월동으로 가자니 이제 지나쳤고 회기동으로 가자니 딸과 처를 떼어 놓는다는 것이 쉬운 일이 아니었다.

서울역 대합실로 들어갔다. 육군 중위로서 정장을 입고 대합실에 있는데 오고 가는 사람들이 나의 마음을 알아줄 수도 없고 알 리도 없었다. 대합실 이쪽으로 갔다 저쪽으로 갔다 하다 보니 밤 12시가 되었다. 만감이 교차한다는 말처럼 이 생각 저 생각 하다 보니 새벽 2시가 훌쩍 넘었다.

대합실 한쪽 구석에 좀 앉아 있으니 아침 7시 가까이 되었다. 노숙인 아닌 노숙인 생활을 한 것이다. 부대로 바로 출근하여 부대 앞 해장국 집에서 아침을 때우고 하루 일과를 시작하였는데 안 그러던 사람이 자꾸 조니까 옆 동료들에게 놀림도 받았다. 이런 노숙인 생활을 자주 한 일이 있는데, 이 사실은 여기에 처음 쓰는 것이며 이를 아는 사람은 아무도 없다.

아내와 딸을 데리고 회기동 집으로 돌아가니 어머니

가 그렇게 좋아하실 수 없었다. 어머니도 며느리의 습성을 대충은 알았고, 며느리와 손녀에게 잘해야겠다는 생각을 깊이 한 것 같아 아내가 시집왔을 때와는 크게 다른 생활 태도를 보여 걱정을 많이 덜게 되었다.

군법무관도 전역할 시기가 가까워 왔고 검사 지망도 해 놓았으니 다시 생활에 변화가 올 것은 당연하였다.

여기서 내 직계가족 이야기를 좀 하자면 아이는 3남 1녀를 두었다.

딸은 이화여대 음악대학 피아노과를 나와 가로늦게 세종대 음악과 박사 과정에 있고, 큰아들은 연세대 경제학과와 대학원을 나와 미국 일리노이주립대에서 박사 학위를 받고 돌아와 현재는 전국경제인연합회 경제본부장 일을 맡고 있다. 둘째는 서강대를 나와 일본에 건너가 경영대 석사 과정을 마친 후 돌아와 현재는 내가 하던 ㈜원정 사장 일을 하고 있다. 셋째는 고려대 경영학과와 조지워싱턴대 MBA를 마치고 돌아와 수출입을 하며 철로 된 포장재, 즉 드럼깡통 에어로졸 캔(부탄가스)을 만드는 외형 약 2,000억 원 되는 조그마한 OJC 라는 중소기업을 경영하고 있다.

손주는 아이들을 적게 생산하여 7명인데 건강하게 잘 자라고 있고 큰놈은 벌써 스물여섯 살이 되었으니 나도 간혹 '많이 살았구나!' 느끼면서 회상에 잠기기도 한다.

검사 발령이 났다. 대구지검 경주지청이었다.

고등고시에 합격하면 출세하는 것인 줄 알았더니 대구에서 내려 영천을 거치는 동해 북부선을 탔는데 영천에서도 자꾸 촌으로 촌으로만 들어갔다. 기찻길 옆은 과수원이나 넓은 논만 보일 뿐 기대했던 도시의 그럴듯한 건물은 보이지 않았다.

나는 경주가 처음이었고 역사에서 배운 화랑도나 삼국통일이라는 것밖에 아는 것이 없었다. 여기 와서 공무원 노릇 하려고 수년 동안 모든 것을 잊고 피눈물 나게 고생하며 공부하였나 싶었고 그간의 노력이 하루아침에 물거품이 되는 기분이었다.

검찰청을 가 보았다. 초라한 2층 건물에 왼편은 검찰 청이고 오른편은 법원이라 쓰여 있었다. 검사가 몇 분 이냐고 출입하는 사람에게 물었더니 현재는 지청장과 검사 한 분이라면서 곧 한 분이 부임할 것이라고 하였 다. 실망이 보통이 아니었다.

지금으로부터 35년 전에 납품 관계로, 또 울산에 공 장을 만들었기 때문에 기차나 자동차로 경주를 많이 지 나갔지만 한 번도 시내를 들어가 보지 않았고 그럴 마 음의 여유도 없었다.

한두 달 전 울산 공장으로 가는 길에 작심하고 기사 에게 경주 시내에 들어가서 검찰청과 처음 잠을 잤던 여관을 둘러보고 가자고 하였다. 40년 전에 쏘다니던 거리는 전부 변했고, 검찰청을 찾았더니 4층으로 바뀌 어 있었다. 내가 쓰던 방은 그대로인 것 같은데 들어가 보지는 않았다.

처음 잤던 여관이 고도여관이었다. 당시로는 고풍스 럽고 멋있는 여관이었고 해방 이후 이승만 박사가 임명한 고관의 애첩이 경영하는 곳이었다. 그 여관을 찾았는데 검찰청에서 멀지 않은 곳에 있었던 것이 지금은 없어지고 다른 건물이 들어서 있었다.

그 여관이 있었으면 옛일을 회상하며 하룻밤 묵고 싶었는데 많이 아쉬웠다. 문화재라고 할 만한 곳은 보존되어 있지만 예전 거리나 집들은 옛것을 찾는다는 게 어리석은 일이었다.

처음 부임할 때 이삿짐은 미리 부치고 아내와 딸을 데리고 상다리 하나만 달랑 들고 경주역에 내렸다. 검찰청 직원 한 분이 마중을 나왔기에 집을 얻어 정착할 때까지 머무를 여관으로 어디가 좋겠느냐고 물었더니 검찰청에서 가까운 고도여관이 좋겠다고 하여 그리로 임시 거처를 정했다.

아내도 기대에 어긋났는지 짜증을 부리는데 어처구니가 없었다.

그 이튿날 출근을 해서 지청장님께 인사를 드리고 또한 검사 사무과장 등과 두루 인사를 하였다. 정윤 지청장님이었는데 그날 저녁 환영 술자리를 마련하셔서 술을 많이 먹었다.

관할 구역은 경주시 월성군, 포항시 영일군과 울릉군이었다. 경주지청에서 근무한 덕택에 경주 일원의 유적지는 빠짐없이 둘러보았고 때가 되면 기관장들이 검사라고 조그마한 선물을 주었다.

질그릇 비슷한 유물이었는데 '이런 것 주지 말고 돈몇 푼 주면 서울 엄마에게 보내 드리기도 하고 나에게 도움이 되겠는데'라고 생각하며 그것들을 서울, 대구 등지에서 여행 온 친구들에게 선물로 주었다. 지금 생각하면 '그냥 가지고 있었으면 상당히 가치 있는 물건일 텐데'하는 아쉬움도 있다.

그때만 해도 나는 그림이나 유적지에서 발굴된 물품들에 대한 관심이나 지식이 없었고, 지금도 그런 것들에 대해서는 가치도 모르고 크게 관심도 없다. 성장 과정에서 관심을 가질 여유가 없었기 때문일 것이다.

처음 부임하였을 때는 경찰에서 송치되는 간단한 사

건만 배정해 주었다.

오후 4시쯤에 송치된 사람들이 묶여서 줄줄이 들어왔다. 나도 배를 곯아 보고 식당 청소 일도 해 보고 소년 시절에 웬만한 사람이면 겪지 않을 고생을 다 해 본 처지여서, 묶여 온 사람들 중 깨끗이 자백한 자들에게는 무엇 때문에 그런 일을 했느냐고 물으면 대부분 못살아서 그런 짓을 하였다고 했다. 과거를 되돌아보면 나도 배고플 때 남의 집에 들어가 도둑질이라도 하고팠던 기억이 새로워져 간단한 절도 사건 같은 것은 많이 풀어준 것으로 기억한다.

매일같이 일이 반복되었다. 오전에는 송치된 사건을 조사하는 것으로 시간을 보내고 오후에는 송치된 사건을 간단히 심문하는 것으로 시간을 보내다 보니 어느 때는 검사가 하는 일이 짜증이 날 때도 있었다.

검사라 칭하면 상당히 중요한 사건이거나 사회에서 이목을 끄는 사건을 취급하여 사회의 정의를 실현하는 역할을 해야 한다는 생각 때문에 송치 사건 이외에 인지하여 직접 수사하는 사건에 심혈을 기울였던 것으로 기억한다.

한번은 고분 도굴자들이 도굴을 하여 그 도굴품을 서울 등에 갖다 파는데, 형사들이 그들을 붙들어 법대로 처리하지 않고 도굴한 물품만 빼앗고 풀어 주는 짓을 한다는 정보를 주었다.

지청장님께 보고하고 형사 네 명을 붙들어 구속하게 되었다. 그들 중 한 사람은 군이 "당신이 영장을 발부받았으니 직접 수갑을 채우라"고 해서 진땀을 뺐다. 이튿날 아침에는 네 여인네와 아이들이 집으로 나를 찾아와서 이제 자기네는 굶어 죽게 되었으니 나보고 먹여 살려야 한다며 안방으로 들어왔다. 나는 검찰청으로 출근하여 그 사실을 말했고 검찰청에서 나서서 해결한 경험이 있다.

처음에는 크게 실망하였지만 정들면 고향이라더니 몇 달 지나니 그런대로 저녁에 술 먹을 사람도 생겼고, 관광지라 많은 사람이 찾아왔는데 정성껏 대접해 보내면 고맙다는 편지도 오고 좋아해 보람을 느끼기도 했다.

그럭저럭 1년이 다 되어 갈 때쯤 조영식 경희대 총장이 오셨을 때는 경찰서장까지 동원하여 불국사 뒤편에서 횃불 들고 노루 사냥까지 하였으니 지금 생각하면 얼마나 무모한 짓이었는지 모른다.

그러던 어느 날 서울지검 수원지청으로 발령이 났다. 무엇보다 기쁜 것은 엄마를 모실 수 있게 된 것이었다.

그때만 해도 수원이라는 곳이 서울서 가깝다는 것 이외에는 경주와 별다름이 없었다. 판검사 수도 같았다. 술 먹을 기회가 경주보다는 많았고 수원지원과 수원지청 판검사들 사이도 아주 원만하여 생활이 편안하였다.

그러나 검사가 검사 역할을 해야 하지 않겠느냐는 생각이 들어 각 경찰서에 내 사람을 만들어 정보를 얻으려 무척 노력하였다. 그로 인한 정보로 PX에서 일어나는 사건과 수원시, 화성군, 평택군, 안성군 등 기타 몇몇 관청 공직자들의 비리도 속속 드러났다. 그때까지는 경찰과 잘 지내면 넘어갔던 것을 내가 앞장서서 수사

사건을 많이 만들었고 장석례 지청장님도 적극 지원하셨다.

1967년에 국회의원 선거가 있었는데 정치권에서는 부정선거라고 전국이 혼란할 때였다.

대검찰청이 나서 전국에서 10개 정도 선거구를 골라 일벌백계 식으로 처벌하여 정국을 안정시키려 전력을 다할 때 마침 화성군이 표적이 되었다. 서울지검에서 파견 나온 백광현 선배 검사가 수사했는데 나도 적극 참여하여 화성군에서 선출된 국회의원을 구속하고 그 공소유지도 내가 했던 것으로 기억한다.

그때 많이 부스럭거린 것은 검사로서 본분을 다해야 겠다는 의무감도 있었지만 서울서 가까우니 여기서 검사로서 능력을 인정받아야 서울지검으로 빨리 들어갈 수 있겠다는 생각이 그 활동의 또 다른 이유이기도 했다.

지금 생각하면 나에게 억울하게 당한 분도 더러 있겠지만 나 스스로 가슴에 사무치게 후회하는 사건이 있다.

당시 농촌진흥청이 수원에 있었는데 우장춘 박사가

책임지고 있는 육종 연구소라는 곳이 있었다. 연구소 내부인의 것으로 보이는 진정서가 접수되었는데, 그것이 나에게 배당되어 조사를 하였다. 진정서 내용은 사실과 같은데 이를 처벌해야 하느냐가 고민이었다.

유망한 육종학자의 앞길을 망쳐 놓을 가능성 때문이었다. 결국 처벌로 가닥이 잡혔는데 그때 그 사람만은 그 정도의 사실로 처벌한 것이 수사관의 한 사람으로서 참으로 잘못된 결정이었다고 지금도 가슴을 치며 후회한다.

일을 하지 않으면 후회할 일도 억울한 사람을 처벌할 일도 없을 텐데 열정적으로 일을 하다 보면 잘못을 스스로 저지를 수가 있다. 열 사람의 범인을 놓칠망정 무고한 한 사람을 처벌하지는 말아야 한다는 말이 새삼 마음을 두드린다.

경기도청이 이전해 오면서 어느 날은 도지사가 판검사들을 불러 점심을 사며, 지도를 펴 놓고 "이렇게 해서 이런 방향으로 고속도로가 건설되니 돈이 있는 사람은 땅을 사 놓으면 앞으로 좋은 일이 있을 것"이라고 말했으나 거기 있는 판검사들 중 땅 살 돈을 가진 사람은 없었다.

법원 지원장을 제외하고 다섯 명의 판검사가 수원에서 변호사 생활을 하던 황 변호사 소개로 서울시 강북구의 번동에 있는 땅 1,000평을 공유로 샀는데 그것이 시립공원으로 묶여 아직도 팔지를 못하고 있다.

땅 이야기가 나왔으니 덧붙이면 당시 수원 세무서장이 황 서장이었는데 이분이 우리 집사람이 다닌 마산초등학교 선생님이셨다. 그런 인연으로 나를 참 좋아하고 아껴 주셨는데 하루는 나에게 국유지가 있는데 아주 싸게 해 줄 테니 사 두라고 하셨다. 지역은 현재 농촌진흥청 자리로 30만 평이라며 평당 1원씩 30만 원이면 자기 권한으로 불하해 줄 수 있다고 했다.

3,000원도 나에게는 큰돈인데 30만 원이 있을 리 없어 고맙기는 한데 돈이 없다고 하였더니 무엇인가 나에게 해 주고 싶어서 안양 근처까지 관할구역인데 거기에

몇 만 평짜리가 또 있다고 하였다.

나는 땅이고 금이고 살 돈이 없었다. 수원에는 그 당시 벌써 삼성전자가 자리를 잡았고 아모레화장품도 들어와 있을 때이다. 땅을 사 놓기만 하면 큰돈이 될 것은 확실했지만 생활하기에 바쁜데 땅을 산다는 것은 나에게는 당치도 않은 일이었다.

그때만 해도 오늘의 대한민국을 꿈에도 그려 본 사람이 없었을 것이다. 돈이라는 것도 때와 여유가 맞아떨어져야 되는 것이라고 혼자 중얼거릴 뿐이다.

현재 영등포구 양평동에 있는 스파박스 체육시설을 갖게 된 배경을 이야기하자면, 부산에서 공직을 끝내고 명동에서 변호사 사무실을 하고 있을 때의 일이다. 어느 사람 소개로 동경제대 기계공학과를 졸업하고 일본 어느 회사에 근무하고 있는데 고국에 기계공장을 하나 세워 한국에서 기계공업으로 성공하고 싶은 것이 꿈이었던 재일교포를 알게 되었다.

이분이 명동으로 찾아와서 영등포에 공장이 하나 나

온 것이 있는데 반씩 사자고 하여 두말도 하지 않고 합의하여 샀다. 이 사람은 그 공장으로는 기계공업을 하기에 부족하니 수원쯤 내려가서 좀 더 큰 땅에 기계공업 공장을 지으려고 하는데 자금이 모자란다며 나에게 영등포 공장 지분 반을 사 달라고 하여 쾌히 승낙해 전부 나의 소유로 되었다.

나는 한 번도 가 보지 않았는데 전부 내 소유로 등기를 마치고 찾아가 보니 공장 바로 옆으로는 안양천과 연계되는 개천이 있고 안양천 방죽이 앞을 가리고 있었다.

현재 옆으로는 호남고속도로와 연결되는 성산대로가 생겼고 개천 자리에도 큰 도로가 만들어졌다. 그 밑으로는 9호선 지하철이 건설되었으니 내가 6·25 사변 때 배고팠던 시절을 생각하면 큰 부자가 된 것이다.

스파박스의 위치는 지금 천지가 개벽하듯 바뀌었지만 오늘이 오기까지는 여러 번의 고비가 있었다. 여기에서 첫 사업인 캔 공장을 시작했는데, 첫 번째 고비는 내가 운영을 잘못한 것이다. 특히 독점하던 사람에게 대들기 위해 부탄가스를 제조하다 보니 영업망도 전혀 없었고 기술력도 턱도 없이 모자라 품질이 뒤떨어졌는데도 독점이니까 파고들 수 있다고 생각한 것이 잘못이었다.

나는 기업을 경영함에 있어 오랜 시간 독점하던 상품을 생산하는 회사와 경쟁하고 다투는 것은 제일 위험한 도전이라고 생각한다. 품질도 떨어지고 비집고 뚫고 들어갈 빈자리가 없을 만큼 영업의 틀은 짜 놓았던 것이다.

그렇다고 독점하는 자의 회사에서 핵심 요직에 있는 영업 직원이나 기술자를 빼내 올 생각도 하지 않았고 시도도 해 보질 않았다. 그런 것은 알지도 못하고 꿈도 꾸지 않았다. 그런 짓은 인간이 해서는 안 될 일이라고 생각한 것이다.

이것이 공직 생활하던 사람이 기업이나 장사에 뛰어들어서는 안 되는 이유 중의 하나이다.

그렇다고 내가 데리고 있던 직원 중 누구 한 사람도, 최측근이라는 자는 더더구나 그런 아이디어를 주지 않았을 뿐 아니라 내가 그런 시도라도 할까 봐 눈치도 주지 않는 것이었다. 그런 시도를 시키면 그것이 어려울 뿐 아니라 만일 유능한 사람을 빼 올 경우 제 자리가 위험했기 때문에 주위 환경에서 그런 구상을 할 엄두도 못 내게 만들었다.

부탄가스 사업을 시작하고부터 팔리지는 않고 재고만 쌓여 갔다. 영업 담당자가 영업이 좀 된다고 하면 나는 그렇게 기쁠 수가 없었는데 종국에 가 보면 수금을 못 하였다는 것이다.

고 전무라고 변호사 개업할 때 채용한 사무장이 있었는데 고시 동기의 친동생이었다. 부산세관장 재직 때 내 이종사촌이 그자를 무슨 부탁 때문에 데리고 왔었다. 세관을 그만둔 것도 갑작스러운 일이었으므로 변호사를 개업하고자 했을 때 사람을 찾아보지도 알아보지도 않고 문득 고라는 자가 생각이 나서 연락을 했더니,

그 다음 날 새벽같이 집으로 찾아와서 열심히 하겠노라고 하였다. 이자는 그 당시 일자리가 없어 놀고 있었던 것 같다.

나의 큰 결점은 즉흥적인 판단과 결정 그리고 다른 사람이 나와 같을 것으로 생각하고 믿는 것이다.

그자가 나를 떠나갈 때는 돈 3억 원을 내놓으라고 하여 그것을 마련해 주느라고 참 힘들었다.

부탄가스 사업이 어렵고 이래저래 사업자금이 부족하게 되었다. 현재 스파박스 자리가 2,200평인데 1,500평은 법인 것이고 700평은 내 개인명의였다. 나의 개인명의 것이라도 누구에게 팔아야 사업을 유지할 수 있을 것 같아 돈 있어 보이는 고등학교 1년 선배인 유 선배에게 이야기하였더니 선뜻 사 주겠다고 하여 그 선배의 덕으로 큰 고비를 넘긴 일도 있다.

그 땅으로 인하여 많은 고통을 겪었는데, 한번은 장마가 오래 계속되어 안양천이 만수 상태가 되니 옆에 있는 하수구가 넘쳐 동네 일대가 물바다가 되었다. 공장에도 물이 차 기계를 대부분 갈아야 하는 어려움도 겪어야 했다.

한번은 장마철인데 지하철 공사 중 방죽 관리를 잘못하여 안양천 둑이 무너져 공장에 물이 꽉 찼다는 연락을 새벽에 받았다. 공장 근처에 도착하니 우리 공장 터에서 엄청나게 큰 불기둥이 하늘로 치솟고 있었다. 그당시는 부탄가스도 영등포 공장에서 생산했으므로 공장 안에 부탄가스를 저장하는 큰 탱크가 있었는데 그탱크에 불이 났다고 생각하니 공장 가까이 갈 수가 없고 한강에 빠지고 싶은 마음뿐이었다.

차를 세우고 골목 안에 들어가 땅에 꿇어앉아 마지막으로 '하느님 살려 주십시오'라고 기도를 드리고 다시있는 힘을 다해 일어서서 차를 타고 공장으로 가자고했다. 마포 쪽에서 양평교 내리막길 직전부터는 도로에물이 꽉 차서 차에서 내려 걸어가는데 배꼽까지 물이차 올라왔다. 그 지저분한 물길을 헤치고 공장 방향으로 걸어가는데 물속에 4~5명이 모여 "이 판국에 대륙제관은 불까지 났으니"라고 말하는 소리가 들리는 것이었다.

'앗, 대륙제관에 불이? 그렇다면 우리 공장 탱크에서 불이 난 것은 아니구나'라고 확신하니 새로운 힘이 솟구치는 것이었다. 만일 우리 공장에 불까지 났다는 소리를 들었더라면 배꼽까지 차는 흙탕물을 걸어갈 힘이 없어 그 자리에 쓰러져 죽었을지도 모른다.

다행히 대륙제관에 불까지 났다는 동네 사람들의 이야기를 듣는 순간부터 힘이 생겼고 공장 직원들과 대책을 논의하는 회의를 하였다. 지하수가 솟구치는 물벼락을 맞고도 그 일을 수습하고 원상회복하기 위해 죽을힘을 다하여 노력하였다.

그때가 1980년대 말 여름이었을 것이다.

큰 수해를 입은 후 10년쯤 지난 1995년 여름에는 지하철 9호선 공사가 공장 옆에서 진행되고 있었다. 장마가 심했고 태풍의 간접적인 영향을 받을 때였는데 건설업자의 실수로 공장 바로 앞의 안양천 둑이 또 붕괴되어 바로 스파박스 스포츠 센터로 안양천 물이 덮친 것이다.

그때는 공장을 다른 곳으로 이전하고 그 자리에 스포츠 센터를 지었는데 수마가 덮쳐 새 건물이 엉망이 됐다. 그 당시는 보험도 들었고 건설업자의 피해 보상도 있고 하여 다소는 쉽게 넘어갔다.

스포츠 센터에 또 큰 문제가 생겼다. 요새 흔히 말하는 관의 횡포다.

안양천만 넘으면 바로 양천구인데 스포츠 센터 바로 건너편에 목동 운동장이 있고 그 앞에 구립 테니스장 20면이 있었다. 그 테니스장을 하수 처리장 복개하는 곳으로 옮겨 주고 그 자리에 구청장과 가까운 사람 이름으로 골프연습장을 만든다는 정보가 들렸다.

할 수 없이 도시계획법을 자세히 검토하였더니 '복개한 곳에는 도로, 주차장, 간이체육시설만 만들 수 있다'고 되어 있었다. 여기에 20면이 넘는 큰 체육시설인 테니스장을 만든다는 것은 명백한 위법이었다. 위법임을 알고 그것을 실행에 옮기는 때였다.

감사위원회에서 위법이라는 결정만 내렸지 정치권력에 밀려 그 결정을 집행하지는 않았다. 현재도 복개된 장소에 테니스장 20면이 설치되어 운영되고 있고 옛 테니스장은 시대에 밀려 공영주차장으로 쓰이고 있다.

정치권력이 그만큼 엄청난 시절이었다. 감사원, 서울시청 등을 찾아다니며 위법이라고 자세한 법률 근거도 제시했지만 얼굴만 빤히 쳐다보고 아무 대답이 없었다.

2

수원지청에 4년 가까이 근무하던 어느 날, 1968년 1월 1일자로 서울지검으로 발령을 받았다. 날아오를 것 같이 기뻤다.

떠나기 전날 경기도 도지사가 송별회를 열어 법원 검찰 판검사와 도청 국장 몇 사람을 술집으로 불러 양주를 먹기 시작하였다. 양주병이 방을 한 바퀴 돌 정도로 마셨는데 이튿날 어떻게 인사를 하고 떠나왔는지 어떻게 서울을 왔는지 모를 정도였고 호텔에 사흘을 묵은 후 겨우 술이 깼다.

수원에서 재직할 때 일신상의 두 가지 큰 문제가 생겼다. 하나는 당뇨병이다.

수원에서 근무한 지 1년이 좀 넘어서 감기에 걸렸는데 열이 영 내리지 않았다. 집에서는 꿀을 물에 타 주기도 했고 약도 꾸준히 먹었고 시내에서 잘한다는 불고기

집에 가서 배부르도록 먹어도 보았으나 열은 떨어지지 않았고 온몸이 더 아팠다.

평소에 잘 알던 내과병원에 가서 그동안의 경과를 얘기하였더니 소변을 받아 오라 하였다. 소변을 주었더니 시험관에 붓고 무엇을 집어넣자 소변이 새까맣게 변하였다.

깜짝 놀란 의사는 심한 당뇨병이라 하였다. 당뇨병의 가족력이 있느냐고 묻기에 어머니가 당뇨병으로 어려움을 겪고 계시다고 하였더니 현대 의학으로는 당뇨병을 완치할 수 있는 치료법이 없으므로 음식을 조절하고 운동도 열심히 해서 관리하는 수밖에 없다고 했다. 음식은 삼백(쌀밥, 밀가루, 설탕)을 철저히 멀리하고 규칙적인 운동을 하라면서 여러 가지 구체적인 관리 방법을 일러 주었다.

하루 세끼 콩잎 죽만 먹고 살아 왔고 배를 곯아 본 적도 있었지만 이제는 먹고 싶은 것은 사 먹을 수 있는 여유가 생겼는데 당뇨병이라니. 내가 먹고 싶은 것을 마음껏 먹을 수 없는 아주 험악한 팔자를 타고난 모양이라고 생각하니 서글프기 이를 데 없었다. 그때부터 쌀밥은 물론이고 단것과 술도 끊기로 하였다.

그 후 1년간은 매일같이 마시던 술도 끊고 음식도 가려 먹기 시작하였다. 나는 지금까지도 내 입맛에 맞는 음식을 골라 먹지도, 먹을 수도 없어 영양 보충이 될 정도로만 먹고 산다. 그렇게 생활하자니 보통 힘든 것이 아니었다.

지금도 보통 사람과 똑같이 생활은 한다. 내가 당뇨병 환자임을 아는 사람은 가족 빼고는 몇 사람 안 될 정도다.

또 한 사건은 여름 장마철에 일어난 일이다.

토요일 오후에 수원지원 임규운 판사가 전화를 걸어 뭐하냐고 묻길래 집에 그냥 있다고 하였더니 심심한데 평택이나 가자고 하였다. 평택을 가려면 검사인 내가 같이 가야 경찰 서장이 안내도 하고 술도 한잔 먹고 올 수 있으니 나를 부를 수밖에 없었다.

그러자고 답하고 검찰청 지프를 타고 평택으로 향하는데 수원 비행장을 지날 때 장대 같은 비가 쏟아졌다. 길이 미끄러운데 기사가 급브레이크를 밟았던지 차가 빗길 위에서 빙글빙글 돌다가 3~4미터 낭떠러지 개천에 거꾸로 박혔다.

운전기사가 사력을 다하여 문을 열고 빠져나왔는데, 내가 보니 기사와 임 판사는 다친 데 없이 멀쩡하여 임 판사께 나는 어떠냐고 물었더니 이마와 팔이 좀 찢어져 피가 난다고 하였다.

입었던 윗저고리를 찢어 팔에 지혈을 하고 이마는 대충 처치를 한 후 신작로 위를 기어 올라와 길을 보니 피가 냇물과 같이 흐르고 있었다. 자전거 탄 사람이 빙글빙글 도는 우리 지프에 부딪친 것이었다.

마침 수원으로 가는 버스가 있어 가로막아 세워 다친 사람을 싣고 시내 병원으로 가 응급처치를 하고 난 후에 전문병원으로 옮겼다. 그 이튿날 장석례 지청장님께 있는 그대로를 말씀드리고 잘못했다고 하였더니 사후 처리나 매끄럽게 하라고 말씀하셨다. 한 6개월간 병원에 입원시켰는데 가족에게 월급봉투 그대로 가져다주며 부상당한 사람의 치료와 생활비를 부담하느라 이루 말할 수 없는 고통을 겪었다.

돌이켜보면 공무원으로 여러 가지 잘못을 저지른 것은 틀림없다. 요사이 같으면 벌을 받는 것은 물론 검사직에서 당연히 물러났어야 할 것인데, 그 당시만 해도 호랑이 담배 피우던 시절이라 주위에서 그렇게 시끄럽게는 하지 않아 오늘에 이르고 있는 것이다.

수원에는 4년이라는 긴 기간 있기도 하였지만 오래 있다 보니 인간적으로 친하게 지낸 분도 많았고 도와주려고 애쓰신 분도 많았다. 몇 년 전까지도 연락을 하며 만나기도 하였는데 모두 다른 세상으로 사라졌다.

서울지검에 처음 부임을 하면 일단은 공판부에 배속된다.

공판부 근무를 6개월 하고 강력부로 배치되었는데, 부장은 작고하신 안경열 부장님이었다. 배당받은 사건

이외에 서울시경 형사들이 간혹 일러 주는 정보를 기초 삼아 인지(認知) 사건도 그런대로 많이 했던 것 같다.

또 6개월이 지나서 서울지검에 감찰부라는 수사부를 새로 만들었는데 현 특별수사부의 모태이고 없어진 대검 중앙수사부의 전신일 것이다. 검사장은 오탁근 씨였는데 아마도 나는 안경열 부장님이 추천하셔서 감찰부에 배속되지 않았나 싶다.

감찰부는 경찰 송치 사건은 거의 배당하지 않았기 때문에 인지 수사를 찾아서 일을 하지 않으면 무능하다는 판정을 받을 수밖에 없었다. 정보 수집도 많이 해야 했고 무게감 있는 곳의 부패한 곳을 수사해야만 검사로서의 수사 가치가 있는 것이었다. 정보 수집을 위해 애를 많이 썼으며 일단 수사에 착수하면 수사관이나 형사들과 밤낮을 가릴 것 없이 침식을 같이했고 사람을 잡으려고 잠복근무를 한 것도 한두 번이 아니었다.

회기동 집이 너무 좁고, 좀 넓은 집으로 가면 어머니 건강도 좋아지고 고부지간의 갈등도 사그라질까 해서 나는 어느 사람의 소개로 정릉에 땅을 사서 조그마한 집을 마련하였다.

정릉 집은 북한산국립공원과 바로 붙은 곳이었다. 산돌과 여러 종류의 나무를 잘 어울리게 심고, 잔디도 100여 평 깔아 마음이 심란할 때 정원에 나가 잔디에 난 잡풀 뽑기를 하면 한결 마음이 가벼워지곤 하였다. 아이들 넷 대학까지 마치고 유학도 보내고 시집장가도 보낸 그런 집일 뿐 아니라 어머니를 마지막 떠나보낸 곳이라서, 나에게는 많은 추억거리가 있는 잊을 수 없는 집이다.

아내가 이 집에서 너무 오래 살았으니 우리도 변화된 도시로 나가자고 하여, 친구 꼬임에 속아 구기동에서 안 팔리는 18평짜리 집 네 개를 사서 내부를 허물어 두 개로 만들고 2층으로 만들어 살았다. 거기서 아내는 '길리안 바레'라는 병에 걸려 죽을 고비를 넘겼고, 나도 베이징 물 공장을 그곳에서 살 때 시작하여 궁극적으로 IMF 외환위기 때 모두 던져 버리는 결과를 가져왔고,

1969년 검사시절 TV인터뷰

딸내미도 그곳에 살 때 말썽을 부려 여러 가지 고통이
밀려왔다.

정릉에서 살다 떠나면 대부분 다 망가지니 어떻게든
정릉에서 살면서 아이들 혼인시켜 내보내고, 부부만 남
았을 때 떠나는 것이 떠나는 화를 면하는 좋은 길이라
고 했던 정릉 살던 나이든 사람의 이야기를 듣지 않은
것이 지금도 후회가 된다. 소위 말하는 지세(地勢)라는 것이 있는 것 같다.

서울지검 감찰부에 있던 당시 또렷이 기억나는 것은 신민당 재정부장이었던 김세영 씨 사건이다.

신민당 총재는 박순천 여사였고 공화당 정부에 대항하는 강력한 유일 야당이었는데, 요즘과 다르게 정당에 대하여 국가로부터 재정 지원이 없었던 시기였을 것이다. 야당이 돈이 있을 리 없고 신민당은 오로지 김세영 씨의 재정 지원에 의존했을 수밖에 없었을 것이다.

공화당 정부의 정책에 대해 사사건건 대항하고 비판하였으므로 야당으로서 필요한 역할을 다한다고 자부하였을 것이다. 또한 그 당시 독재하는 것이 대한민국의 살길이라고 집권자들도 확신하였던 것 같다.

집권 여당은 합리적인 것이건 아니건 내놓는 정책마다 비판하고 대항하니 눈엣가시일 수밖에 없고 그런 야당에 돈을 대 주는 역할을 하는 김세영 의원의 비리를 수사하려 하였을 것이다.

김세영 의원은 함태 탄광의 사주로서 당시 후진국인

한국의 에너지원의 원천인 무연탄 광맥의 주인이었으므로 산업적으로도 무시할 수 없는 인물이었다. 무연탄 탄광으로는 우리나라에서 제일 큰 광산이고 일본으로 수출도 많이 하는 업체였다. 그런 만큼 자기를 건드리기는 어려울 것이라는 정치적 판단과 자기 나름대로의 애국심에서 야당 생활도 하였고 재정 지원도 하였을 것이다.

하루는 검사장께서 부르셨다. 김용제 검사장은 오탁근 검사장의 후임으로 김대중 씨와는 목포상고 동기라고 한다. 호남 출신으로는 유일하게 서울지검장이라는 중책을 맡으셨던 것으로 알고 있다.

총장실에서 오라고 하니 같이 가자고 하셨다. 나로서는 얼떨떨하기만 했다. 새카만 평검사인 나를 선택하신 검사장의 의중이 나로서는 모호하였기 때문이다.

총장실에 가니 총장께서 "우리 국민에게는 지금 세 갈래로 갈라진 물줄기가 있는데 우리와 같이 가는 물줄기 그리고 우리와 방향이 다른 물줄기 그리고 어정쩡한 물줄기가 있다. 방향이 다른 물줄기를 바로잡아 주어야 하는데 그 역할을 검찰이 할 수밖에 없다. 그것을 바로잡으려면 거기에서 핵심역할을 하는 자의 힘을 빼야 된다"고 하셨다.

그러면서 "그 역할을 송 검사가 할 수 있다고 믿기 때문에 검사장이 나한테 데리고 온 것이라고 본다"고 하였다. 그리고는 앰배서더 호텔을 지정하여 놓았으니 김세영 씨를 데려다 조사하라면서 수사비도 주셨다.

검사장실로 내려왔다. 조사하다 보면 뭐가 나와도 나올 것이니까 용기를 갖고 한번 해 보라고 하니 어느 명령이라고 못 하겠다고 할 수는 없었다. 신문지상에서 이름을 들어는 보았지만 그 사람에 대해 아는 것이 없는 백지 상태에서 그림을 그릴 수밖에 없는 참으로 어려운 과제를 안게 되었다.

내 방으로 내려와 믿고 일하던 수사관과 서울시경 형사 몇 사람을 불러 상의하기 시작하였다. 그 당시는 검찰이 최근같이 엄격한 절차를 밟지 않아도 되는, 어찌

보면 검사로 일하기 쉬운 때였다.

김세영 씨의 경력과 최근 하고 있는 사업의 개요를 대충 내사하여 신상을 자세하게 알게 되었다. 묘하게도 동향인이었다. 그리고 그 사촌 동생이 서울고등법원 김철 판사이고 나하고는 비교적 가깝게 지내는 사이였다. 그렇다고 이런 이유로 나는 이 사건을 못 하겠다고 할 수는 없었다. 수사관들과 협의하여 업체 사무실과 집을 압수수색하고 김세영 씨도 데리고 왔다.

이틀 밤을 꼬박 새워 가면서 그 회사 직원과 관계자들을 조사하는 과정에서 중요한 서류를 찾아내었다. 그 문서를 검토하니 법률적으로 여러 가지 문제가 많지만, 김세영 씨를 처벌하는 것이 목적이 아니라 정계에서 발을 빼고 사업에만 전념할 수 있도록 하는 것이 집권자의 참뜻이었음을 아는 나로서는 김세영 씨의 처벌에 앞서 쌍방이 좋은 방향에서 처리되도록 유도하는 것이 가장 합리적이고 효율적이라고 판단하였다. 그래서 좋은 방향으로 위에다 보고할 터인데, 좋은 방향이란 첫째 정계 은퇴로 탈당을 함은 물론 재정부장직도 내놓아야 하며, 둘째로는 탈루된 세금도 추징해야 되는 것인데 이 사건을 좋은 방향에서 해결할 것인가 아니면 법대로 할 것인가를 물어보았다.

정치는 이제 다시 할 생각이 없다고 하는 말을 듣고 정계 은퇴 쪽으로 가닥을 잡고 바로 검찰청으로 돌아와 검사장님께 전후사정을 보고하였더니 윗선에 보고해서 알려 주겠다고 하셨다. 김세영 씨로부터 각서도 받고 당에 사직서도 써서 내도록 하는 등 정계 은퇴에 대한 모든 조치를 하고 다른 것에 대해서는 더 이상 문제삼지 않아도 된다고 하였다.

나는 홀가분한 기분이었다. 김세영 씨는 정계 은퇴 후 훗날 김천고등학교 재단 이사장을 하셨다는 말만 들었지 자세한 사정은 모른다.

둘째로 기억나는 것은 와우아파트 붕괴 사건이다.

시내 곳곳 시유지에 지은 와우아파트가 와르르 무너졌다는 사실을 신문 보도로 알고 있었는데, 하루는 검사장이 불러 올라갔더니 청와대가 판단하기에 서울시 행정력으로는 와우아파트 사건을 해결 못하니 검찰이 사후 수습을 하라는 명령이 있었다고 했다.

내게 사건을 맡아 수습하라면서 서울시는 검찰이 하는 일에 적극 협조하기로 사전에 양해가 되었다고 하였다. 당시 시장인 김현옥 씨를 만나서 협조를 해 달라고 하면 전부 협조할 것이라 하였다.

이튿날 시장실로 가서 내일 시청에서 업자 대표를 전부 불러 사고 수습에 대한 회의를 하면 그 업자들을 상대로 조사를 하겠다고 하자, 부시장에게 내일 업체 대표회의를 주관하도록 할 테니 조사를 해 달라고 간곡히 부탁하였다. 서울시경에서 버스 3대를 빌려 시청 뒷마당에 세워 놓고 검찰 수사관 몇 사람하고 시경 형사 30명을 지원받아 2층에 있는 시청 회의실 앞문과 뒷문에 형사들을 배치하고 부시장이 업자들과 회의하는 회의실로 들어갔다.

부시장에게 "마이크를 저에게 주십시오" 하고 소속

을 밝힌 후 "와우아파트 사건을 이런 식으로 끌고 가다보면 차례로 다 무너져 여러 사람이 깔려 희생될 수 있으니 그것을 막기 위해서 왔고 앞으로 내가 지시하는 대로 따라주기 바란다"고 했다. 또 "그래야 시민의 희생도 막고 해당 건설업체 불행도 사전에 예방할 수 있다고 확신한다"고 말하였다.

업자 수는 120명에서 130명쯤 되는 것 같았다. 회의실 앞뒷문에 형사들이 배치되어 있으니 형사들이 하라는 대로 버스에 타고 다른 곳에 가서 이야기하자고 하였다.

나는 서울공대, 한양공대의 구조학 교수들을 초빙해놓고 있었다. 앰배서더 호텔 2층 전 층을 빌려놓고 형사 한 사람당 5~6명씩 담당하게 하여 호텔방으로 들여보냈다.

업자들로부터 설계상과는 다른 규격의 재료를 썼다는 자백을 다 받았다. 그중 제일 많은 아파트를 지은 두서너 사람은 그날 저녁에 구속하였다. 그날 밤을 새우며 어떤 잘못을 저질렀으며 보강을 어떻게 하여 앞으로는 아파트가 무너지는 일이 없도록 할 것인가를 업자별로 심문을 하였으며, 구조학 교수들로 하여금 업자들이 보강하겠다는 내용을 검토케 했다.

그 이튿날은 업자별로 보강 공사에 들어가는 비용을 담보할 수 있는 증빙을 받도록 하여 전부 끝나는 데 2~3일 걸렸던 것 같다. 그 후부터 보강 공사가 본격적으로 시작되어 아파트가 더 무너지는 사태는 10년 이상 없었다.

얼마 지난 후 서울시 도시계획국장인 윤진우 씨가 찾아와서 "시장님께서 내일 저녁을 집에서 대접하겠다고 하니 퇴근시간에 모시러 오겠다"고 하여 "저녁은 안 먹어도 된다"고 하였더니 꼭 가자고 하여 그러자고 하였다.

김현옥 시장 댁은 청와대 근처에 있었는데 무슨 동인지는 모르겠다. 정원도 그리 넓지 않고 아담한 양옥 이층집이었는데 그 집에 도착하여 현관문을 여니 시장께서 기다리고 계셨다.

그런데 나는 깜짝 놀랐다. 굴건제복 차림에 삼베로 만든 노란 상복을 입고 있었다. 나는 상주 노릇을 많이 해서 상복은 잘 알고 있었다.

'이 양반이 무슨 상을 당하였나' 짐작하고 위층으로 안내하기에 따라 올라갔다. 위층 방에는 아랫목에 보료가 깔려 있었는데 나보고 거기 앉으라는 것이었다. 나는 사양했다. 왜 거기 앉으라 하느냐고 물었더니 와우아파트가 무너지면서 희생된 영혼들을 위로하기 위해 내가 대신 절을 받아야 한다는 것이었다.

와우아파트가 무너지고 많은 시민이 희생된 뒤부터는 상주 입장에서 지냈다며, "송 검사가 사건을 어느 정도 마무리했기 때문에 상주로서 희생된 영혼도 위로하고 송 검사에게도 고맙다는 의미에서 절을 하고자 한다"면서 굳이 보료 위에 앉으라고 했다.

내가 절을 받을 입장이 아니라고 극구 사양해도 절을 한 번 해야 스스로가 위안이 될 것 같다면서 끝내 우겨

"정 그러시면 맞절을 하자"고 제안하여 맞절을 하고 자리에 앉았다. 저녁상을 앞에 놓고 술도 마시면서 많은 이야기를 나누고 저녁 10시쯤 되어 일어섰다. 일어서는데 시장께서 "1,000만 원만 받고 내가 얘기했던 것 해 드리라"고 윤 국장에게 무엇인지 지시하였다.

차에 올라 무엇을 해 주라고 하시느냐고 물었더니 강남의 신도시 개발을 하고 있는데 1,000만 원 받고 1,000평만 해 주라고 하시는 것이라고 하길래, 나는 1,000만 원이 없다고 하였더니 어떻게든 만들어 보라고 하였다. 그래서 집에서 계 들었던 것 400만 원, 내가 비상금으로 가지고 있던 200만 원에다 400만 원은 남북의료기 이성오 사장에게서 빌려서 마련하였다. 돈 안 받고 해 줄 수도 있는데 돈 안 받으면 뇌물의 성격이 되니 돈을 받으라고 했다는 것이었다.

며칠 후 윤 국장께서 만나자고 하여 갔더니 봉투에 등기 권리증 5개가 있다고 하였다. 큰 필지는 아니고 지금의 테헤란로 변에 있는 200평 내외의 자투리땅 5필지였다.

그 땅을 잘 처리하였다면 지금 나는 부자가 되었을 것이다. 공직을 그만두고 친하게 지내던 재벌 친구에게 다 당하고 말았다. 지금은 '땀 흘려 번 돈이 아니면 내 돈이 아니구나'하고 느끼면서 잊고 말았다.

이 외에도 감찰부에서 같이 일하던 동료들과 힘을 합쳐 수사한 사건과 독자적으로 한 사건도 수없이 많은데 기록해 놓은 것도 없고 여기서 다 늘어놓을 가치도 없다.

요사이 뉴스를 통해 멀리서 검찰을 본다.

소송 절차도 많이 바뀌어 내가 검찰에 있을 때보다는 수사하기가 많이 복잡해지고 힘들어 보인다. 위에서 간섭이 많아서인지 용두사미로 끝나는 것이 많은 것 같아 몸담았던 사람으로 안타까울 때가 많다.

1970년도에 관세청이 재무부 외청으로 새로 만들어졌다.

청장은 서울지검 감찰부장을 하다 제주지검장으로

재직하던 이택규 씨였다. 그 당시 감찰부에 같이 근무하던 김진우 선배가 "이택규 씨가 관세청으로 가서 일하자고 하니 함께 가자"고 하였다.

검찰에 있어 봐야 50세가 넘어야 부장검사를 할까 말까인데 거기 가면 국장 자리를 준다 하니 행정부처가 어떤지 체험도 해 보고, 시원치 않으면 변호사 하면 된다면서 "검찰에 있으나 관세청에 가나 우리가 마지막에 갈 길은 변호사 아니냐"고 하며 같이 가자고 매일같이 이야기하였다.

하루는 이택규 청장이 집에서 저녁이나 먹자고 하여 갔더니, 검찰에서 하는 일이나 관세청에서 하는 일이나 별로 다를 것이 없으니 거기 가서 열심히 해 보는 것도 보람이 있지 않겠느냐며 같이 가자고 하여 그렇게 하겠다고 하였다.

잘한 것인지 크게 잘못한 것인지 집안에 상의할 사람도 없고, 사회생활 하면서도 학벌이 시원치 않아 뚜렷이 나를 아껴 주고 돌봐 줄 선배가 없어 상의 한번 안 해 보고 결정을 해 버린 것이다.

하루는 김용제 검사장께서 부른다 하여 올라갔더니 대뜸 "송 검사, 관세청에 간다고 했느냐"면서 "못난이같이 여기 있으면 내가 보기에는 앞이 훤히 보이는데 거기엔 무엇을 바라보고 간다고 하는 거냐"며 꾸중을 많이 하셨다.

나는 아무 대답도 하지 않고 검사장실을 나왔다. '아내 생각이 짧았구나'하는 생각이 머리를 스쳐갔다. 검사장께서 그렇게 아껴 주셨는데 사전에 말씀을 드리고 결정을 할 것을 하고 후회하였으나 이미 때는 늦었다.

그것으로 검사 생활이 끝났다.

그동안 우리 사회는 엄청난 변화가 생겼다. 1979년 10·26과 12·12 사태가 있었고 대통령을 선출하는 제도도 달라지고 대통령도 자주 바뀌었으니 공무원 사회도 요동칠 수밖에 없었다.

내가 어두컴컴한 깡통 공장에서 깡통에 매달려 있을 때 고시 동기 검사들이 검사장이 되고 검찰총장이 되는 것을 바라보며 깊은 상념에 잠기기도 하였다.

관세청으로 출근을 하였다.

관세청의 인적구성은 99%가 재무부 관세국에서 대부분 1계급씩 승진하여 왔고 간부로 외부에서 온 것은 김진우 선배와 나뿐이었다. 일반직은 우리가 추천한 서울시경에 근무하는 경찰 몇 명뿐이었다.

처음에는 모르는 사람이 대부분이었고 업무 분야도 생소할 수밖에 없었다. 주 업무는 관세 징수 분야였고 곁들여서 밀수 단속 업무가 있었다. 세월이 흐를수록 아는 사람, 친해진 사람도 생겼지만 대부분의 사람들은 세관에서 뼈가 자란 사람들이라 우리 둘을 열외의 사람으로 취급하는 것이 당연했다.

그래도 관세 업무를 배우려고 노력했고 맡은 일은 열심히 하였다. 재무부를 '모피아'라 부를 정도로 거기 사람들은 엘리트 관료의식과 자부심이 대단하였고 배타적이었기 때문에 외청 중에서도 소외된 외청이었고, 외부에서 들어온 인물들은 관심도 없어 쳐다보지도 않았다.

세월이 지나서 밀수 단속 전담 부서인 감시국장이 되었다. 밀수 단속 분야는 재무부 세관국 시절부터 관세 징수 업무와는 철저히 분리되었고 따라서 사람도 꼬리표가 붙어 있었다.

관세청 업무 내용을 대통령도 자세히는 모르셨던 것 같다. 그저 밀수 방지하는 것이 주 업무라고 생각하고 그 업무는 검사 하던 사람이 적격이라고 여겼던 것 같다. 그러나 관세 업무는 관세 징수가 주 업무이므로 관세 전문가가 맡아야 옳고 밀수 단속은 일부분이었으므로 지금도 자기네끼리는 분할되어 있다.

관세 업무는 재무부 본류이고 밀수 업무는 데리고 들어온 자식 취급을 하는 것이었다. 그것을 깨달았을 때 '아 이거 참 잘못 왔구나' 싶었다. 올 데가 아닌 곳을 왔다고 느꼈을 때 밀려오는 절망과 좌절, 후회, 고민은 누구에게 하소연할 수도 없고 되돌아갈 수도 없었다. 그렇다고 변호사를 개업할 수 있는 경력과 학식, 재산을

부정 고급승용차 수사지휘 언론보도 (중앙일보 1971년 12월 21일)

준비해 놓은 것도 아니었으니 혼자 몸부림 칠 수밖에
없었다.

　일감을 찾으려 고민을 했다. 일을 해야 이곳으로 온
보람을 찾을 수 있었다.

　그때만 해도 국산차는 쓸 만한 것이 없을 때였다. 그
런데 시중에 외제차가 많이 굴러다니기에 직원보고 외
제차를 하나 골라서 정상적으로 관세를 내고 수입된 것
인지 알아보라 하였더니 거의 다 미군이 쓰다가 본국으

로 돌아가면서 한국 사람에게 판 것이라 하였다.

청장께 보고드리고 전국적으로 외제차를 단속했다. 나도 '외제차 단속'이라는 완장을 차고 광화문 네거리에서 외제차 지나는 것을 잡아서 조사하기도 했다. 어떤 때는 외제차를 멈추게 하고 정상적으로 수입되었는지 여부를 조사하겠다고 하였더니 "내가 ○○장관인데 무엇을 조사하겠다고 하느냐"고 호통을 쳐서 내리라고 하여 조사를 하니 부정 외제차였다.

부정 외제차 단속이라고 언론에 보도가 되고 여론이 들끓으니 이것이 정치 문제화되었다. 야당에서 들고일어난 것이다. 국회 재무상공위원회가 합동위원회를 열고 관세청장을 부르게 되었고 여당 고위층에서도 괜한 것을 건드려 정치적으로 어려운 때에 말썽을 일으키느냐고 핀잔을 듣기도 하였다.

그러나 그 수사로 이 땅에 무면허 외제차는 자취를 감추었다. 이로 인하여 우리의 자동차 산업도 발을 떼기 시작하여 오늘의 번영을 이루었다고 생각한다. 지금 자동차 산업을 경영하는 사람들도 동의할 것이다.

내국세는 몇 년 만에 한 번씩 내국세 조사팀이 내국세법 위반으로 정기 세무조사를 하지만 관세는 지금이나 그 당시나 정기 조사는 없고 공항이나 부두를 통하여 외국 출입하는 사람의 휴대품을 조사하는 정도였다.

밀수라고 하면 일반적으로 롤렉스 시계나 다이아몬드 등을 몰래 들여오는 것으로 인식되어 있는데, 오히려 그런 것보다는 대기업들이 교묘히 세법과 세율을 속인다든지 내수용 기계를 수출용이라 하는 경우가 많다. 또 로스율을 조작하여 관세 환급을 몇 십 배, 몇 백 배 받는다든지 수출한 만큼 수입 금지된 품목을 수입 허가 받는 제도를 악용한다든지 하는 사례는 중소 악덕 상인들이 저지른 것이 아니고 이름 있는 재벌기업들이 많이 했던 것으로 추측하여 여기에도 힘을 많이 기울였다.

검사 하던 놈이 관세청에 와서 물불 안 가리고 달려드니 압력이나 청탁도 별로 없어서 대기업들의 위장탈세나 합법을 가장한 많은 탈세가 적발되었다. 그로 인해 재벌기업들도 관세청을 알게 되었고 관세청 눈치를 많이 살폈다.

그렇게 마구 달려들어 조사하다 보니, 과거 재무부 관세국 시절에는 검사가 파견되어 조사하였으므로 물과 기름과 같이 파견 검사에게 정보를 많이 주지 않았을 뿐 아니라 세무 관계에 어두운 검사들이었으므로 깊이 파고들지는 못하였던 것 같다. 그러나 관세청장 밑에서 세무 밀수 업무가 상호 정보와 지식을 교류하다 보니 전에는 깊은 곳에 숨어 있는 밀수는 건드려 보지도 못하였던 것이 깊은 데까지 수사의 손을 뻗칠 수 있었다. 그 결과 100위권 안에 있는 기업들도 교묘히 법을 피해 관세를 절약했던 것이 밝혀졌고 전에는 내부에서도 무서워 진정을 하지 못하였던 범죄 사실을 관세청에 진정하여 밝혀내서 세상을 놀라게 한 사건도 있었다.

청장이 바뀌어 부산세관장으로 발령을 받았는데 그때 나이 서른여덟 살이었다.

부임하여 부산세관을 두 가지 측면에서 뜯어고쳤다. 하나는 부산세관을 신축할 때 투명한 행정을 지향한다고 하여 1층 전체를 칸막이 없이 널찍하게 끝에서 끝을 환하게 볼 수 있게 만든 것이다.

자세히 보니 캐비닛으로 과장, 계장은 물론 직원 간의 간격도 전부 서로 막아 그 안에서 무슨 일을 하는지 모르게 되어 있었는데, 캐비닛을 전부 없애고 어느 직원이 무엇을 하는 것까지 알 수 있도록 다시 만들었다.

취임사에서 나는 "어떠한 경우에도 누구의 돈이든 안 받겠다"고 선언하였다. 세관 분위기는 달라졌는데 주위에서 불만의 소리가 많이 들렸고 주변 권력기관에서는 나에게 청탁이 많았다. 예를 들면 '날씨가 추워졌는데 전기장판을 보내라'는 등 어처구니없는 요구도 있었다.

그럭저럭 한 3개월이 지날 무렵에 세관에서 잔뼈가 굵은 연령도 많고 인품이 깨끗한 국장 한 분이 올라와 진심 어린 충고를 나에게 해 주었다. 이렇게 부산세관을 이끌고 가면 업무는 늦어지고 세관이 사방에서 공격받아 결코 세관행정에 도움도 안 되고, 국가경제에 미치는 영향도 안 좋으니 내가 생각을 달리하고 처신도 바꿔야 한다는 것이었다.

부산세관은 전국 수출입 물동량의 95퍼센트를 차지하고 있는데 세관 업무가 원활하게 돌아가야 관세행정은 물론 국가경제 발전에도 도움이 되니 진심 어린 자기 건의를 받아들이라는 것이었다. 관행대로 요직 과장직에 있는 사람이 한 달에 한 번 정도 10만 원쯤 드릴 테니 그것을 받고, 그 돈으로 다른 기관장들과 유대도 강화하고 친하게 지내는 모습을 보여야 직원들도 업무 처리에 열중할 수 있고 일이 빨리 진행되어서 여러 면에서 도움이 될 것이라고 하였다.

곰곰이 생각하니 그 충고가 옳은 것 같았다. 내가 독단적으로 한다고 하여 몸에 박힌 관행이 하루아침에 씻은 듯이 없어질 리 없고, 일례로 이사화물은 전량 부산에서 처리되었는데 이사화물 통관하러 부산에 내려와서 3~4일씩 묵게 된다면 비용도 문제이고 서울에 두고 온 가족들 생활도 엉망이 된다는 것이었다.

그 당시 내가 부임하면서 강요하지는 않았지만 한 30분 일찍 출근하여 맨손체조를 하고 업무를 시작하는 것으로 하였다. 사층 옥상에 몇 백 명이 참석하였는데 더러는 조회 비슷하게 내가 평소 느낀 바를 이야기하고는 했다.

충고를 들은 후 월요일이었다고 기억한다. 직원들에게 "내가 부임한 지도 거의 반년이 되었는데 모든 분야에서 좋아진 것은 틀림없지만, 아쉬움이 있다면 업무 처리가 신속하지 못하고 일부 직원은 부정을 저지르고 있다는 소리가 들리는 것"이라며 "간곡히 부탁하건대 모든 업무 처리에 있어서 사물을 긍정적으로 보고 신속

하고 친절하게 처리하여 달라"는 당부를 했다.

그러면서 면허를 요청한 사람이 신속하고 친절하게 처리하여 주어서 고맙다고 하여 내미는 촌지는 받으라고 하였다. 촌지를 급행료라고 하였다.

훗날 급행료를 받으라고 했다는 것까지 꼬투리를 잡았다.

곁들여 부산세관장이 하는 일을 잠깐 소개하자면 수입, 수출과 밀수 단속이라는 세 가지 업무를 수행한다. 수입면장, 수출면장, 밀수 단속은 계장(주사) 밑에서 전부 이루어진다.

세관에서 잔뼈가 굵은 사람은 상품학에 대한 지식, 그 물품의 세번과 세율에 대하여도 해박한 지식을 가질 수 있다. 쉽게 설명하면 수입된 물품이 수출용 원자재인지 아닌지 구별해야 하고 그 물품이 내수용이라 하여도 어떤 용도에 쓰이는 것인지 밝혀야 한다. 또 같은 용도라 하여도 품질 면에서 여러 단계로 나누어질 수 있고, 어느 단계의 물품이라고 판명되더라도 순도 등 기

1974년 부산세관 종무식 기념사진

타 명확치 않은 것은 부산세관에 유일하게 분석실이라
는 것이 있어 여러 가지 시험을 거쳐 그 상품을 분류하
고 세번도 결정할 수 있었다.

　나는 그에 대한 깊은 지식이 없었으므로 샘플로 몇
품목을 골라 직접 세번과 세율을 정당하게 판별하여 관
세를 부과하였는지 평가할 능력이 있었으면, 그렇게 함
으로써 세관 직원들을 긴장시켜 과세 행정을 좀 더 바

1974년 부산세관 종무식 기념사진

르게 집행할 수 있었을 것이라는 아쉬움이 남는다. 세
번과 세율은 관세법에 정해져 있다.

이런 사람이 세관장이 되면 다소는 업무에 관여할 것
이다. 그러나 세관장이라는 직책 자체가 결재를 한다든
지 수출입에 대하여 이래라저래라 할 수도 없고 그 많
은 면장을 관리할 수 없는 것이다. 업무가 시작되면 5명
의 국장과 함께 커피 한잔 마시면서 돌아가는 이야기를

나눌 뿐이다.

　하는 일이라고는 대통령 또는 총리의 일반적인 특별 지시가 있으면 그 공문을 보고 사인을 하는 것과, 전국 수출입 물동량의 95퍼센트를 부산에서 취급하였으므로 경제부처 장차관을 비롯해서 고위 공직자가 자주 부산세관을 찾는데 그들에게 수출입에 관한 브리핑을 해주는 것이 전부였다.

　한때는 세관장이 세율을 결정한 때가 있었다고 한다. 이때는 서울을 가도 비행기는 못 탔다고 하는 웃지 못할 이야기도 들었다. 가방에 하도 돈이 많이 들어 짐 검사를 받을 수 없기 때문에 기차만 타고 다녔다고 한다.

　훗날 내가 사업을 한다 하니 부산세관에서 오죽 돈을 처먹었으면 사업까지 하느냐고 비꼬는 사람도 있었다고 한다.

　햇수로 3년이 되었다.

　그런데 본청에서 일하는 사람들은 자기 출세에 모든 초점을 맞추고 세관 업무에는 관심이 없었다. 그런 것이 성격에도 안 맞고 지휘자가 취할 태도가 아닌 것 같아 사석에서 가끔 불평을 하였더니 이 소리가 귀에 들려 나를 미워하는 사람들이 있다는 소리도 듣게 되었다.

그만둘 때가 되었나 보다 싶어 당초 생각한 대로 변호사로 돌아가야겠다고 혼자 결심을 하였다.

때마침 감사원인지 사정담당관실에서 한 30명이 내려와 직원들 책상은 물론 호주머니까지 뒤져 박카스 한 병이 책상 서랍에 있는 것까지도 문제 삼았다. 그 감사는 직원들의 기강에 대한 감사가 아니라 나를 겨냥한 감사라는 것을 감으로 깨닫고 있었다.

감사 내려온 사람들이 올라간 다음 날 서울 본청으로 올라와 사표를 내밀며 "내가 책임지면 될 일이지 조그마한 실수를 한 직원들까지 왜 건드리려 하느냐"고 항의를 했다. 내가 책임지고 그만둘 테니 다른 직원들은 건드리지 말라고 마구 대들었다.

그것이 1975년 12월 15일이었다. 이렇게 하여 공직 생활이 끝났는데 우리 나이로 마흔 살이었다.

사표가 수리되던 날로 변호사 등록을 하고 신문에 광고를 했다. 여러 군데서 전화도 오고 찾아 주기도 하였다. 그런데 내 생각에는 안부라도 물어오고 자기 회사 법률고문이라도 하라고 할 만한 사람들한테서 깜깜무소식이었다.

그것은 현직 청장이 청와대 출신이고 청장과 틀어져 그만둔 사람과 연락하다 현직 청장에게 밉게 보일 것이 두려워서였다. '세상 민심이 이렇고 공무원의 말로가 이렇구나'하고 숨을 크게 내쉬어 봤지만 이것이 현실임을 부정할 수가 없었다.

어쨌든 변호사를 개업한 뒤 관세 사건을 수임하였고 해결도 잘할 수 있어 먹고살고 아이들 공부시키는 데는 전혀 지장이 없을 정도였고 제법 여유 있는 생활을 할 수 있었다.

변호사 생활을 하면서 여러 가지 어려운 일도 많았다.

나를 실망시킨 예를 하나 들자면 공범인 형사 피고인을 수임했던 때의 일이다. 다른 공범은 고시 동기이고 비교적 친하다고 생각했던 친구 변호사가 수임하였길래 법정에서 혐의 사실은 증거가 있어 잘못을 뉘우친다 하고 선처를 부탁한다는 취지의 변론을 할 생각이었고 그것이 옳은 길이었다.

그런데 법정에서 상상도 할 수 없는 일이 벌어지는 것이었다. 친구 변호인은 자기가 수임한 피고인은 전혀 범죄에 가담한 사실이 없다며 내가 수임한 피고인에게 모든 혐의를 덮어씌우는데 어이가 없었다. 변론 연기 신청을 하고 변호인 친구를 방어하는 데 전력을 기울이지 않을 수 없었다.

'재판은 재판이 아니라 거짓말 대회이구나' 하는 생각에 '나는 지식도 경험도 능력도 변호사 할 자격이 없구나'라고 혼자 한탄할 수밖에 없었다.

별난 일도 겪었다.

한번은 친구가 미국이나 같이 가 보고 오자고 하여 LA 가는 비행기를 탔다.

그 비행기는 LA 상공에 도착했는데 기류가 나쁜지

기후가 나쁜지 LA에 착륙하지 못하고 1시간 동안 LA 상공을 돌다가 결국 샌프란시스코에 착륙하게 됐다. 기내 방송으로 "이 비행기는 내일 아침 10시쯤 LA로 출발할 것이고 숙소는 힐튼 호텔로 정해졌으며, 호텔까지는 버스로 운송할 것"이라 하였다.

친구는 여기에 자기 친척 되는 친구가 한 사람 이민 와 있는데, 그자에게 전화하면 곧바로 나올 테니 그자가 나오면 시내에 들어가 고려정이라는 한식집에서 저녁을 먹고 적당한 호텔에서 자자고 하였다. 나는 그를 따라가는 형편이고 아는 사람도 없어 그렇게 할 수밖에 없었다.

고려정에 갔다. 새벽 2시인데도 주인이 뛰어나와 친구를 붙들고 그렇게 반가워할 수가 없었다. 그 이튿날 늦게 일어나 친구가 하는 말이 "기왕 이렇게 됐으니 LA는 며칠 있다 가기로 하고 라스베이거스에 가서 좀 놀자"고 하였다.

샌프란시스코에 이민 온 자와 셋이서 라스베이거스

에 갔다. 라스베이거스에는 마이클 김이라는 친구의 친구가 기다리고 있었다. 친구가 샌프란시스코에 사는 친척에게 여기서 무엇을 하고 지내느냐고 묻는 것 같아 나는 듣고만 있었다. 아침에 아이들 학교 데려다 주고 세 아이 학교 끝나면 데려오는 것이 일의 전부라고 하는 것 같았다. 그러면서 서울 오면 일거리를 하나 줄 테니 서울로 돌아오라는 것이었다.

그 후 그자는 서울로 돌아왔고 일거리가 무엇인가 보았더니, 철강 회사가 해체 고선을 수입하는데 그것을 분해하여 고철은 자기네가 쓰고 쓸 만한 것은 그자가 시장에 내다파는 일이었다. 그 당시로서는 고선 내부에 있는 것 중 내다파는 것은 우리나라에서는 생산되지 않는 것들이 대부분이어서 철강 회사에는 상당한 부수입이고, 이자에게는 그렇게 쉬운 장사일 수가 없었을 것이다. 이자는 돈을 버는 대로 부동산에 투자하는 것처럼 보였다.

나는 최근에 와서 '아, 그자들이 그렇게 하여 남는 돈을 나눠 썼구나' 하는 것을 알게 되었다.

또 하나 덧붙일 일은 이자가 나에게 북창동에 200~300평 되는 나대지가 있는데, 그 땅은 대우의 비업무용 부동산이라 대우에 내가 이야기하면 싸게 살 수 있으므로 그 땅을 사서 빌딩을 지으면 위치가 좋아 임대가 잘 나갈 것이니 부동산 임대업을 셋이서 같이 하자고 했다. 나는 사회 초년생이라 부동산 임대업을 어떻게 하는 것인지 알 수 없었고, 변호사 일을 열심히 하며 아이들 공부시키고 밥 굶지만 않고 살아야겠다는 일념뿐이었다.

대우에 전화하라고 독촉을 하여 전화를 해 "북창동에 팔려고 하는 땅이 있느냐" 하였더니 있다고 하면서 "그것을 살 생각이 있느냐"고 물어 그렇다고 하였더니 알았다고 하면서 전화를 끊었다. 나는 전화한 다음 날 변호사 일로 뉴욕을 갔는데 뉴욕 호텔과 전화번호를 어떻게 알았는지 대우에서 전화를 걸어와 요전에 이야기한 땅을 줄 테니 사람을 보내라는 것이었다.

그 전화를 받고 나서 바로 그자에게 전화를 걸어 "대우로부터 이런 전화가 왔는데 어떻게 할 것이냐" 하였더니 세 사람이 1억 원씩 내어 3억 원을 자본금으로 하는 법인을 세워 땅을 사자고 하면서 사람을 보내겠다고 하였다. 서울로 돌아와 보니 그 땅이 호가는 평당 120만 원 하는데 대우에서 내게 호의를 베푼다고 하면서 평당 80만 원에 계약하였다고 했다.

대우에서는 이자가 혼자 그 땅을 사서 빌딩을 지어 자기 사무실로도 쓰고 임대도 하려고 계획하는 것으로 알고 많이 싸게 해 준 것으로 알고 있다. 대우건설로서도 서울에 10층 이상 건물을 지은 것은 그 건물이 처음이라 원자탄이 떨어져도 까딱하지 않을 만큼 튼튼하게 지었다고 한다. 대우의 이석희 부회장이 착공할 때 돼지머리 삶아 놓고 둘이 절하던 기억이 생생하다.

남대문 일대의 주먹깨나 쓰는 조폭들이 그 대지에서 주차장 영업을 하여 수입이 꽤나 좋았는데, 내가 그 땅을 사서 빌딩을 짓게 되었다는 소문을 듣고 찾아와 칼을 들고 협박했다. 여러 가지 곤욕을 다 치르고 건설공사도 외상으로 다 건축하여 임대보증비로 건설비를 가져갔으니, 그들은 꿩 먹고 알 먹은 것인데 나에게는 전혀 차등혜택을 주지 않고 세 사람을 주주로 한 그자가 수출입하다 문 닫아 버린 세리통상㈜이라는 법인 명의로 등기하였다.

그 후로도 그는 세무서에서 조사가 나왔다, 은행 대출을 받아야 되는데 돈을 줘야 한다는 등 여러 가지로 나에게 돈을 달라고 하여 많은 고통을 받았다.

몇 년 후 그 건물은 그냥 두면 애들 대에 상속 문제도 있고 한데, 국세청 차장 하는 자기 동기에게 물었더니 주식으로 팔면 세금도 적게 내고 세 사람이 갈등도 생길 가능성도 있으니 지금이 매도하는 적기라고 한다면서 매수인을 찾자고 했다. 나도 그때 그렇게 하자고 하였는데, 마침 상공회의소 부회장이고 창동제지 주인인 사람이 자기 회사 빌딩을 사려고 알아보는 중이라고 하였다. 그분에게 연락하였더니 성사가 빨리 되어 총 18

억 원을 받았는데 세금 떼고 뭐 떼고 내게 돌아오는 것은 3억 원이라고 하여 3억 원을 받고 끝냈다.

대우 덕분에 그 건물이 완성이 됐고, 상공회의소 부회장 겸 창동제지 회장인 분이 어디서 들었는지 그 건물을 판다는 이야기를 들어 그 건물이 내 것인 줄 알고 나에게 연락을 했길래 내용을 말씀드리고 "나는 그런 흥정을 할 줄 모르니 사람을 보내 그자와 흥정하라"고 하였더니 위와 같은 결론이 났다.

비행기 불시착으로 나는 정신적, 물질적 피해를 덮어썼고 그자는 부동산 부자가 되었다. 나는 대우에 물질적, 정신적 빚만 많이 졌다.

누구나 뒤를 돌아보면 후회되는 일이 한두 가지이겠는가? 비행기 불시착이 몰고 온 굴곡이 이렇게 클 줄은 꿈에도 상상할 수 없는 일이었다. 나는 지금도 판단을 잘못하거나 게을리하지 않나 하고 자신을 돌아본다. 잘못하고 있다고 인식하면 고치기라도 하겠지만 자신에게 속고 있는지도 모를 일이라 답답하고 외롭다.

강도에게 당한 일도 이야기해야겠다.

변호사 생활을 할 때인데, 밤중에 "여보, 여보 좀 깨
봐요"하며 흔들기에 깨어 보니 옆에 한 젊은 청년이 우
리 큰아이 목에 칼을 대고 서 있는 것이었다. 나는 아내
에게 소리를 질렀다. 반지니 현금이니 있는 것 다 드리
지 않고 우물쭈물하고 있느냐고 소리쳤다. 아내는 주섬
주섬 찾아서 시계, 반지, 현금을 내놓고 나도 주머니에
있는 현금을 몽땅 내놓으니 이자가 칼을 내려놓았다.

가진 것이 현재는 이것뿐이니 작더라도 이것 가지고
가는 수밖에 없지 않겠느냐고 하였더니 그것으로 끝낼
것 같기에, 담배를 한 대 권하여 불을 붙여 주면서 우리
집에 양주가 좀 있는데 한잔 안 하겠느냐고 하였다. 한
잔만 달라 하여 술을 같이 마시면서 이 한밤중에 이런
일을 하기는 생각보다 힘들 텐데 왜 이런 힘든 일은 하
느냐고 물었더니 자기보다 연상의 여인과 연애를 하는
데 그 여인이 폐병이 걸려 약값이 없어 이렇게 한다고
하였다.

그 당시는 통행금지 시간이 있었고 새벽 4시가 돼야 해제되는데 그때 시간이 3시 45분이었다. 이런저런 이야기를 하면서 4시가 되기를 기다리는데 내가 이런 일은 오늘로 끝내고 내 변호사 사무실이 명동에 있으니 정 어려우면 사무실로 찾아오라고 하였다. 일자리가 필요하면 일자리도 알아봐 주고 돈이 필요하면 돈도 좀 보태줄 테니 이 일만 제발 그만두라고 진심으로 이야기하였더니 듣고만 있었다. 4시가 되자마자 간다고 하여 대문까지 바래다주니 트레이닝 복장을 하고 있었는데 아침 운동을 하는 사람처럼 뛰어 내려갔다.

나로서는 처음 겪어보는 날벼락이었다. 공직 생활을 할 때는 집 주변을 좀 허술하게 하고 있어도 그런 일이 없었는데 공직을 그만두니 주변에 변화가 생기는데 이것도 그 변화 중의 하나였다.

그런 일이 있고 4~5년 지난 후 부산시경 형사 두 사람이 청년에게 수갑을 채우고 집으로 찾아왔다. 부산에서 강도 행위를 한 놈을 잡아 조사를 하다 보니 서울에서도 범행을 했다는 자백을 받아 현장 검증차 찾아왔다고 하였다. 어이가 없었다.

"이 사람아, 어려우면 나를 찾아오면 도와줄 테니 그런 짓은 그만하라고 간곡히 부탁하였는데 계속 그런 짓만 하였느냐" 하였더니 죄송하다는 말만 되풀이했다.

요사이는 우리 사회에서 보안에 신경을 많이 쓰는데, 아닌 밤중에 아이 목에 칼을 대고 있었던 그 광경을 지금 상상만 해도 끔찍하고 소름이 끼친다.

별 경험을 다 하고 살아온 인생이다.

곁들여 정치에 관한 이야기를 하겠다.

당시 총리 댁에 자주 드나드는 친구가 있었다. 그 친구 말이 총리께서 좀 보자고 그러시니 가 보라는 것이었다. "신라 호텔 로비에 오후 6시쯤 가 계시면 누가 나와서 모시고 갈 겁니다"라는 전갈이었다.

내가 그렇게 세상에 많이 알려진 사람도 아니고 비밀로 할 일이 전혀 없는데 무슨 뜻인지 모르면서 하라는 대로 하였다. 오후 6시쯤 어떤 사람이 나를 보고 누구 아니냐고 하기에 그렇다고 하였더니 밖에 있는 차로 가자고 해서 따라 나섰는데 청구동 총리 댁 앞에 내려 주어 안으로 들어갔다.

부인이 맞이해 주셨다. 총리께서는 방금 들어오셔서 샤워를 하고 계시니 조금 기다리라고 하셨다. 잠시 후 2층에 있던 총리께서 응접실로 들어오셔서 인사를 하고 마주 앉았다.

"정치를 할 만한데 왜 그러고 있느냐"고 묻기에 "정치에 전혀 관심이 없는 것은 아닌데 하는 일도 있고 해서 적극적으로 나서려고 해 본 적도 없다"고 하였고 "다만 한 선거구에서 초등학교부터 대학교까지 나온 사람은 드물 것"이라고 하였다.

나는 회기동에 있는 청량국민학교, 용두동에 있는 서울사대부고, 회기동에 있는 경희대를 나왔으니 선거구로 말하면 동대문 을구에서 학창 시절을 보냈으므로 동창, 선후배 관계 등 선거에 유리한 위치에 있는 것은 사실이다.

내일 같은 법조인인 판사를 지낸 현역 의원에게서 연락이 갈 테니 만나 보라고 하였다. 이튿날 그 국회의원으로부터 전화 연락이 왔기에, 나는 어쩌다가 총리 댁에 가기는 했는데 하룻밤 곰곰이 생각하니 정치는 해서는 안 될 것 같다는 생각이 들어 없던 일로 하자고 하였다. 영감 같은 사람이 정치를 해야 되는데 왜 좋은 기회를 놓치려고 하느냐고 정치를 같이 하자고 강력히 권고하는 것을 전화로 거절하고 끝냈는데 그것이 나의 정치 생활의 출발이요, 마지막이다.

하루는 옛날 친구에게서 저녁 식사나 하자고 전화가 와서 저녁을 같이 먹으면서 이런저런 이야기를 나눴다.

말끝에 어떠냐고 묻기에 변호사 해서 애들 공부시키는 데는 별 지장이 없지만, 옛날부터 알던 재일교포가 영등포에 팔려고 나와 있는 공장이 있으니 같이 사자고 하여 둘이 샀는데 은행에 빚이 좀 있는 상태에 임대가 나가지 않아 걱정이라고 말했다.

그랬더니 옛 친구인 현 KCC 명예회장인 정상영 회

장이 나보고 "그 빈 공장에다 깡통 제조 공장 한번 안 해 볼래?" 하길래 해 보겠다고 시작한 것이 지금 내가 경영하고 있는 기업의 모체이다. 벌써 37년 전의 일이다. 평소 무엇을 내가 만들어 시장에 내놓아 시민들이 편리하게 쓰고 그에 따른 돈도 좀 벌었으면 좋겠다는 생각을 마음속 깊이 갖고 있었지만 제조업을 할 동기나 대상은 마련되지 않아 막연히 한번 해봤으면 하는 생각만 갖고 있던 차였다. 그러던 차에 정 명예 회장의 제의로 깡통을 어떻게 만들고 어디에 주로 쓰이는 지도 모르고 더구나 제조업에 대한 전문지식이나 거기에 따르는 어려움이 얼마나 많은지도 모르면서, 평소 마음속에 품고 있던 희망이 이뤄지는 것 같아 무작정 하겠다고 한 것이 기업을 하게 된 동기이자 캔 공장의 모체가 된 것이다.

제조업도 모르고 기업경영도 백지 상태이니 그런 일에 경험이 있는 자를 선택했어야 하는데 변호사 사무실에서 일하던 사람을 그대로 데리고 썼다. 그 당시만 해도 우리가 알고 있는 깡통을 만드는 데 5~6개의 공정이 있었는데 공정마다 전부 사람이 붙어 만들었다.

사람을 쓰는 것은 물론 어떻게 해야 품질을 좋게 하면서 원가를 낮출 수 있는지, 어떻게 다른 경쟁사와 경쟁할 수 있는지 모르면서 기업을 시작한 것이다. 그래서 내 나름대로 생각해낸 것이 철제 용기를 전문으로 만드는 선진국 기계를 수입하기로 결심하였던 것이다.

사람 손으로 하다 보니 10개를 만드는데 불량이 많이 나서 기계화, 자동화를 해야겠다고 결심하고 그 기계들을 수입하려고 하니 자금이 만만치 않았다. 갖고 있던 부동산도 팔고 은행 빚도 지고 하여 유럽으로부터 수입한 기계로 생산해 보니 다른 어느 공장 제품보다 품질이 뛰어났다. 그래서 내가 생산하는 깡통의 품질이 좋다는 평가를 받게 되었고 다른 회사들도 기계화하지 않을 수 없어 우리나라 깡통업계에 혁신을 가져왔다고 할 수 있다.

정상영 회장의 신의와 우정에 지금도 항상 감사한 마

음을 간직하고 있다.

요즘은 〈미꾸라지 용 된 나라 대한민국〉이라는 글이 실린 잡지를 읽어 보았다. 세계적으로 앞서가는 대기업들, 성공한 사람들 이야기들로 가득하였다.

그 내용은 틀림없는 사실이었다. 그런데 읽은 뒤의 내 마음은 씁쓸하였다. 그들이 걸어온 길, 그 뒤안길에 있던 수많은 상처의 아픔과 감당하기 어려울 정도의 고뇌는 제쳐 두고 그들의 화려한 면만을 가지고 용이 됐다느니 지구상의 최상이라느니 극찬을 하는 것은 인간 삶의 한 부분만을 본 것 같아서였다.

'오천만이라는 우리 국민의 행복지수가 100년 전의 농경사회보다 훨씬 좋아지고 행복해졌는가?'

모든 사람들이 그렇게 발전하고 성장하여 행복해졌는데 나는 공직자로 크게 성공하지도 못하고 기업이라 해 봐야 중소기업에 불과한 것을 붙들고 허우적거리고 있으니, 참으로 서글픈 생각이 들 때도 많았다.

고려시대나 이조시대보다는 지금이 생활하는 데 편

리해졌음은 틀림없으나 사람의 마음을 훈훈하게 할 정
도로 행복해지지는 않았다고 스스로 위로하면서 살아
간다.

5부

기업인
시절부터
어머니의
임종과
그 이후

1

기업을 하면서 겪은 어렵고 어처구니없었던 한두 가지 일들을 적어보고자 한다.

자본주의는 누가 뭐라 해도 시장 중심의 경쟁 원리가 기본이다. 값이 싸고 품질이 좋고 쓰기에 편리해야 하고 인간의 삶에 도움이 되어야 한다. 이 기본 원리를 벗어나는 일도 허다하게 생긴다.

내가 에어로졸 캔 생산에 참여하고 나서 생긴 일이 있다. 럭키화학에서 살충제 내용물을 만들어 에어로졸 캔에 담기로 하여 어렵게 경쟁한 끝에 그 캔을 전부 내가 납품하기로 하였다. 캔을 납품하여 그 캔에 내용물을 전부 충전한 후 종근당제약 영등포 공장에 저장하였는데 저장된 캔의 아래쪽 똑같은 부위에서 전부 흘러새는 불상사가 생겼다.

회사에서 급히 오라는 연락이 왔다. 연락을 받고 회

사로 가는데 무엇인가 큰일이 생긴 것 같아 발걸음이 잘 떨어지지 않았다. 급히 회사로 돌아와 상황을 들어보니 역시 살충제 캔이 전부 샌다는 것이었다. 순간적으로 나는 '제조업을 할 자격이 없는 놈이 제조업을 한다고 깝죽대다가 나락으로 떨어지고 자식은 물론 나를 따르던 회사 사람들까지 망가트렸구나'하고 생각하니 참으로 처참하게 쪼그라들지 않을 수 없었다. '송충이는 솔잎을 먹고 살아야 한다는데, 우물을 파도 한 우물을 파야 한다는데' 하는 생각도 스쳐갔다.

회의를 소집하였다. 그런데 공장장이 "확신하건대 이것은 우리 에어졸 깡통에 문제가 있는 것이 아니고, 내용물에 문제가 있거나 아니면 누가 럭키화학이 만든 내용물에 무엇인가 다른 물질을 혼합한 데서 나온 잘못된 일이니 바로 밝혀내야 한다"고 주장하였다.

나는 그때부터 뛰었다. 세관상품 분석실, 국립과학수사연구소, 럭키화학 대덕연구소를 찾아다닌 끝에 내용물 충전(깡통에 넣는 것) 과정에서 순수물(H_2O)을 들이 부어 진짜 내용물은 위로 올라가고 수분은 가라앉아 밑부분이 부패하여 새어나온다는 결론을 얻게 되었다.

살충제 내용물이 무엇인지 모르겠는데 그 내용물에 물을 들이부은 것은 럭키 직원이 한 일은 아닌 것 같았다. 그 일을 하는 직원 중에 일용직 두 사람이 있었는데 그 다음 날부터 안 나왔다고 했다. 이 내용은 기업 경쟁이 얼마나 험악하고 치열한가를 엿볼 수 있는 한 단면이다.

에어로졸 캔의 주류를 이루는 것은 우리나라에서는 부탄 캔이고 다음이 살충제 캔인데, 살충제 캔에는 홈키퍼(Home Keeper)와 에프킬라(f.Killer)라는 상표를 가진 두 회사 제품이 있었다. 피나는 노력 끝에 삼성제약이 생산하는 에프킬라 에어로졸 캔 전량을 납품하게 되었다.

납품가격이나 대금 지급이 그리 좋은 편은 아니었으나, 외형을 넓혀야 한다는 생각이었다. 그쪽 회사의 재무상태도 안 좋을 뿐 아니라 다른 제품 즉 우황청심원을 가지고 다른 제약회사와 치열한 경쟁을 하는 상태라 항상 불안한 가운데 납품을 계속하였다.

납품가격, 납품량 등은 우리 회사 고 전무라는 자가 담당하였는데 나는 그에게 그쪽 회사 돌아가는 사정을 잘 파악해서 실수 없이 하라고 늘 당부하였다. 그쪽 회사 간부 등을 대접한다고 경비를 지나치게 많이 써도 나로서는 수익이 없어도 납품을 할 수밖에 없어 모든 것이 불안한데도 참고 견뎌내야 했다.

그런데 올 것이 왔다.

삼성제약 오너의 동생이 부사장이었는데 그자에게서 저녁 5시쯤에 전화가 왔다. 오늘 돌아온 수표를 막지 못해서 형님이 딸이 있는 미국으로 출국했다며 미안하다고 전화를 끊었다.

나는 급히 고 전무를 찾아서 이야기를 들려주고 조치를 취하자고 하니 내가 기다리고 있는 강남 한 호텔 로비로 그쪽 회사 실무 책임자를 데리고 왔다.

나는 그를 붙들고 사정을 하였다. 돈 될 만한 원료나

제품이 어디 있으며 얼마나 있는지 제발 같이 살길을 찾자고 두 손을 모아 빌었다. 그러나 우황청심원의 원료인 우황이 있는 곳을 알기는 한다는 말만 남기고 화장실 가는 척하면서 자취를 감추었고 우리 고 전무도 그 회사 완제품을 확보하겠다며 어디론가 가 버렸다.

그 당시는 1960~1980년대와 같이 부도를 내면 부정수표 단속법으로 처벌하는 때는 아니었는데 왜 미국으로 튀었는지 알 길이 없다. 얼마 후 미국에서 돌아왔다고 하기에 그 집과 회사를 매일 발이 닳도록 따라다녔다. 내가 부도나게 생겼으니 제발 구제하여 달라고 손이 발이 되도록 사정도 하고 협박도 해 보고 별의별 짓을 다 해서 결국 에프킬라를 미국 회사에 팔아서 원가의 70% 정도는 건졌다.

생산과 관계없는 예를 하나 들겠다.

내가 모든 것을 걸고 매달려 있는 정상영 명예회장에게서 빨리 보자고 하는 전화가 와서 만났다.

"검사 하던 놈들은 모두 그 모양이냐? 너도 검사 해

먹었으니까 마찬가지일 거 아니야?"

"무슨 일인데? 나는 검사 그만둔 지 20년 가까이 되는데."

"아니 검찰청 높은 자리에 있는 자가 나오라니 안 나갈 수 있어? 만났더니 자기 관할에 있는 깡통 업자가 있는데 그자가 송 아무개가 정 회장에게 납품하는 양의 20퍼센트만 주면 가격을 50퍼센트 내려준다고 하니 그 업자의 깡통을 받아 달라는 거야."

그는 하도 어처구니가 없어 한참을 생각하다가 "저는 그렇게 못 합니다. 상관습상 상도의상 맞지 않을 뿐 아니라, 한 업자를 망치기 위하여 하는 행위에 제가 동조할 수도 없고 저는 장사를 오래 했습니다마는 그런 짓을 해 본 일이 없습니다"라고 말한 후 헤어졌다고 하였다.

나는 할 말이 없어 멍하니 창 너머 하늘만 쳐다보았다.

그는 잘나가는 검사였고 꽤 높은 지위에도 있었고 나와는 술자리도 여러 번 가진 선배였다. '닭 잡아먹고 오리발 내민다'는 속담이 있는데 그 속담에 딱 들어맞는 사람이었다. 남들이 보기에는 청렴, 강직하고 성실하고 애국심이 강한 모범 공무원이었는데 뒤에서는 어처구니없는 일을 하고 있는 것이었다.

　내가 이를 글로 옮기는 것은 지금은 시간도 흘렀고 국가 경제도 발전하였을 뿐만 아니라 국가 위상도 달라졌으니 이런 공무원은 없으리라 굳게 믿기 때문이다.

　경쟁은 더없이 치열해졌고 남보다 한발 앞서 간다는 것은 참으로 어려운 세상이 되었다. 그러나 공무원은 공무원대로, 기업인은 기업인으로서 지켜야 할 본분은 지켜야 하는 것이다. 남보다 한발 뒤져서 가도 좋으니 본분을 지키고 살자고 권고하고 싶다. 하느님은 전지전능하시기 때문에 인간의 모든 욕구를 엄정하게 분별해 주시리라고 믿기 때문이다.

　세 번째 제일 큰 어려움은 철없는 나이여서인지 엄한 양친 밑에서 자라오지 못해서인지 자기 분수도 모르고 욕심만 가득 차서 다른 품목에 손을 대기 시작하였던 것이다.

나도 깡통만 할 게 아니라 넓은 세상에 뛰어나가 재벌들이 하는 것처럼 여러 가지 업종을 벌이지 못할 이유가 없지 않은가? 나도 해 보자 했던 것이다.

깡통 이외에 금속 포장용기로는 드럼이 있고 에어로졸 캔, 탄산음료 캔이 있는데 드럼 기계를 구하러 미국 시카고에 있는 친구에게 연락하여 그곳으로 갔다. 시카고에는 세계에서 제일 큰 중고기계 전용매매 상가가 있다. 이 상가는 하루에는 다 볼 수 없고 적어도 2~3일은 걸려야 볼 수 있는데, 한 일주일 걸려 드럼 중고기계를 찾아보았으나 드럼 만드는 중고 기계는 없었다.

그 당시에는 미국이 경제 불황이라 문 닫은 공장이 많다. 어느 공장에 들어갔더니 먼지가 배꼽까지 차오르는데 헤치고 들어가니 500톤짜리 프레스가 있었다. 드럼 기계를 찾는 놈에게 프레스를 사 달라고 하니 어이없어했지만 기업이 어려움에 닥치면 참으로 처참하고 불쌍한 것이다.

시카고를 중심으로 클리블랜드, 디트로이트, 버펄로,

밀워키 등 공업도시를 다 훑어보았고 그럴듯한 것이 있다고 하면 비행기를 타고 달려갔다. 결국 뉴올리언스에서 쓰고 버리다시피 한 중고기계를 들여와 미국 기술자를 초청하여 겨우 기계를 돌아가게 만든 것이 드럼 생산의 시작이다.

원가를 조금 낮추어 보려고 미국을 돌아 다녔는데 큰 항구마다 고철이 쌓여 있고 그 고철 중에는 석판도 섞여 있는데 동그랗게 말려 있는 석판을 보면 한 귀퉁이가 좀 들어갔거나 찌그러져 있는 것이 있었다. 미국은 완전히 자동화되어 있으므로 이런 석판은 불량품으로 고철로 팔려 고철더미에 들어가 있는 것을 찾아내어 수입하려고 큰 항구 고철더미를 많이도 찾아다녔다.

한편 대만 대학에서 정치학 박사 학위를 받은 박두복 교수의 소개로 상하이시 발전위원회 부위원장을 소개받아 그분의 초청으로 홍콩에서 상하이에 도착하였다. 저녁에는 상하이시 발전위원 여러 사람과 조선족의 통역으로 많은 대화를 했다. 그 당시는 국교가 정상화되기 전이었다.

푸둥지구를 신도시와 공업단지로 크게 개발한다는 이야기도 해 주었다. 그 당시 푸둥지구는 갯벌이었다. 상하이 황포강 포구에서 배를 타고 황하까지 왕복하는 뱃놀이도 시켜 주었다. 바다인가 강인가 싶을 정도로 넓은 것을 보고 '이것이 중국이구나' 하고 처음 느꼈다.

그들은 전자건 화학이건 철강이건 무엇이든지 가지고 와서 푸둥지구에 공장을 세우자고 하였다. 내가 한국에서 운영하고 있는 캔이나 드럼 공장을 할 수도 없고, 마땅하게 내가 하자고 할 만한 제품이 없어 한국에 와서 생각해 보고 연락하겠다고 하고 헤어졌다.

중국이 너무 빨리 발전을 한 것이었다. 내가 기업경영에 대한 경험이 있고 자금 여유가 많았거나 큰 기업을 경영하는 중이었다면 그때 중국에 뛰어들었을 것이다.

그로부터 10년은 지났을 것이다.

중국 산둥성 옌타이에서 기업을 하는 중국인이 한국 기업인을 동업자로 구하고 있는데, 그 기업인과 영국

유학 시절에 함께 공부한 친구가 같이 가 볼 의향이 없느냐고 했다. 중국에 대한 많은 미련이 남아 있어 그곳에 갔다.

그 당시만 해도 옌타이에는 대우가 수십만 평의 공단을 조성하고 있었고, 그곳에서 만난 중국 기업인은 전자 계통 사업을 하고 있어서 나하고는 동업을 할 수 없는 분이었기에 하룻밤 바닷가에서 독한 중국술을 마시면서 많은 이야기를 주고받고 그 이튿날 베이징으로 돌아왔다.

중국 가기 전에 가까운 후배와 점심을 먹었는데 베이징에 가면 자기 이종사촌이 살고 있으니 꼭 한 번 연락을 하고 오라고 하였다. 저녁 7시쯤 전화를 하였더니 하루쯤 더 묵으며 자기 내외와 관광도 하고 베이징 덕(Beijing duck, 오리구이)이 유명하니 저녁이나 한 끼 먹고 가라 하였다.

그 이튿날 일찍 호텔로 왔기에 아침도 먹고 차도 같이 마시면서 많은 이야기를 하고 10시쯤 호텔을 나섰다. 그가 경영한다는 음식점에도 들렀고, 베이징 변두리를 구경시켜 주겠다고 하여 서쪽으로 지하철 5환을 벗어나서 포장도 안 된 산길을 따라 올라가 중국 냄새가 물씬 나고 처참해 보이는 동네도 보았다.

그 산이 서산이라 하였고 약 3,000미터 정상에 오르면 넓은 평야 같은 광장이 펼쳐진다고 하면서 계속 달리다 작은 마을 어귀에서 멈춰 섰다. 해발 1,000미터 정도라고 하였다. 이곳에 볼거리가 있으니 보고 가자고 하여 골짜기로 들어가니 초라하지만 작은 공장이 있었고, 그 옆에는 연못에서 송어 수백 마리가 우글대고 있었다.

연못 옆에는 큰 도랑이 있었고 그 도랑물은 지하에서 용출하는 물이었다. 하루 4,000톤의 물이 솟구친다고 하였다. 들여다보니 물이 거센 소리를 내며 마구 용출하는 것이었다. 태어나서 처음 보는 광경이었다. 6·25 사변 때 시골에서 살면서 동네 우물에서 물을 양철통으로 떠 올려 그 물을 먹고 살아 보긴 했어도 땅에서 물이 솟구쳐 오르는 것, 그것도 하루 4,000톤이라는 설명에는 놀라지 않을 수 없었다.

점심때가 되어 중국 냄새가 물씬 풍기는 시골 식당이 있어 요기를 하러 들어가서 설명을 들었다. 베이징에서는 지하수도 용기에 담아 놓으면 석회질이 바닥에 쌓여, 일반적으로 물에 대한 공포심이 많아 이 용출물을 페트병에 담아 베이징시 몬토고구 구청에서 경영하였는데 여의치 않아 휴업 중이라고 하였다.

그 지역 이름 자체가 베이징시 몬토고구 청수진(淸水鎭), 청수향(淸水鄉)이었다. 동네 이름만으로도 물이 맑다는 뜻이다. 오래전부터 베이징 시내로 들어오는 길 옆에 큰 댐이 하나 있었는데, 청수진에서 용출되는 물을 원천으로 하여 만들어진 것이어서 그 물을 식수로도 쓰고 베이징 주변의 농산물 재배 및 담수어 양식장에도 쓰는 중요한 댐이라고 하였다.

저녁 식사를 하는 자리에서 김 사장은 나에게 정화시설을 만들어 청수진에서 용출되는 물을 생수로 팔면 큰 장사가 될 것이라고 하였다. 나도 귀가 솔깃했다. 중국에 무엇인가 뿌리를 내려야겠다는 것이 오래전부터 꿈이었다.

중국은 땅이 넓어 도시로 나왔다가 고향에 들르기 위해 스무 시간 기차를 타는 것 정도는 아주 가까운 거리라고 느끼기 때문에 기차 타는 사람을 보면 물병을 들거나 어깨에 메지 않은 사람이 없었다. 베이징의 식수 사정도 안 좋고 여행객도 많은 터라 그 용천수에 최신 정수시설을 갖추면 대단히 큰 사업이 될 것이 분명하였다.

한국에서는 '석수(石水)'라는 이름의 생수가 처음 나왔는데, 기업에 손을 댄 이후 생수 공장 몇 군데를 들러 본 경험도 있는 터이라 더욱 관심이 컸다. 내가 긍정적인 반응을 보이자 단도직입적으로 자기가 알선을 할 테니 무조건 하라는 것이었다. 당시 중국은 외자 유치에 혈안이 되어 있었을 때였다. 그 이튿날 아침 호텔로 몬토고구 장 국장이라는 분과 같이 왔기에 아침을 함께 먹었다.

장 국장은 중국의 차 문화가 세계적으로 알려질 정도로 역사가 깊고 맛이 특이하다고 하면서 이것은 중국 천지가 물이 나쁜 데서도 그 유래를 찾아 볼 수 있다고 하였다. 중국이 이대로 멈춰 있지는 않을 것이고 국민소득이 조금만 올라가면 생수에 대한 수요는 폭발적으로 생겨날 것이니 청수진 용천수에 투자하면 자기가 좋은 조건으로 길을 터 주겠다고도 하였다.

서울로 돌아와 몇 사람과 상의를 하였다. 해 보라는 사람, 하지 말라는 사람이 갈려 있었다. 하지 말라는 사람의 논리는 물이면 물이지 더 달다든지, 시다든지, 맵다든지 하는 특색이 없으므로 상품으로서 차별화가 어려워 상품 가치가 없다는 것이었다.

결정은 내가 해야만 했다. 결국 하기로 결심하고 베이징으로 갔다. 김 사장 집에서 저녁을 먹었는데 그 부인도 조선족이었고 술도 잘 마시고 노래로 "오랜만에 오셨습니다"라며 트로트형의 곡조로 간드러지게 노래도 불러 주었다.

나는 가슴이 벅찼다. '중국이라는 조공만 바치던 나라에 와서 한 기업의 주인으로서 행세를 하게 되었구나' 상상을 하게 되니 가슴이 벅차지 않을 수 없었다.

그 이튿날 베이징 시장실로 가서 베이징시와 가계약을 체결하고 얼마 지나 그 용출물의 생수 공장을 약 200만 달러 들여 인수하였다. 우리 회사 고 전무의 처남이라는 자에게 운영을 맡겼다. 그자는 경북대학교 중문학과를 나와 일자리를 찾아 중국을 서성거리고 있을 때였다.

베이징을 한 달에 한 번 또는 두 달에 한 번씩 들렀다. 청수진 생수 공장은 매년 적자였다. 책임 맡긴 자의 장난질도 좀 있고 중국 사람들의 소득수준 및 품질에 대한 의심도 한몫하였을 것이었다.

내가 베이징을 가도 제대로 된 보고가 없었다. 팔리는 것은 증가한다고 하길래 나는 좀 해 먹어도 좋으니 시장을 개척해 놓고 보자는 것이 나름의 속셈이었다.

매번 "돈이 모자란다. 투자를 더 해 달라" 하여 거의 그 의견을 들어 주었는데 결국 올 것이 왔다.

IMF 외환위기 사태였다. 이것은 내 일생에서 생사기로에 섰던 난관이었다.

그 당시 땅 판 돈이 약 150억 원 정도 있었고, 그 돈을 믿고 미국 시애틀의 'Marris ville'에 있는 스포츠 센터도 샀다. 금융권에서는 돈이 좀 있는 줄 알고 무보증 사채도 몇 십억 원씩 발행해 주어서 국내에는 안산에 공장을 두 개 짓고 각 공장에 최신 기계도 들여왔다. 또 지금 경영하고 있는 스파박스(스포츠 센터)도 건설업자에게 속아 200억 원 이상의 건축비를 지출하고 신축하였다.

그뿐 아니라 깡통 만들어서는 기업을 키울 수 없다고 확신하여 미국, 중국에 투자하였고 국내에서 다른 업종에 손을 댔고, 증권의 증 자도 모르면서 여윳돈으로 큰 손 노릇을 하며 주식에 투자하였다.

빚은 빚대로 늘어났고 여윳돈은 주식에 투자한 상태

에서 IMF의 구제금융을 받는 국가부도 사태가 발생하였으니, 금융권에서는 대출 만기가 도래하고 사채 발행 기일이 되면 갚아야 하는 벼랑 끝에 선 신세가 되었다.

좌불안석이라고 앉아도, 누워도, 서도, 창가에 가도, 거리로 나가도, 집에 가도 머리가 빙빙 도는 정신이상 자가 되어 버렸다. 내가 나 스스로를 어떻게 추슬러야 할지 모르는 상태가 되었다. 그러나 죽기 전에는 해결해야 했기 때문에 팔 수 있는 것은 다 팔기로 하였다.

시애틀에 있는 것은 그냥 내버렸다. 중국 청수진 샘물은 투자한 금액의 삼분의 일 정도에 팔았고 갖고 있던 부동산도 다 팔았다. 예를 들면 아셈 건너편에 있는 토지 200평이 있었는데 살 사람이 없어 토지개발 공사에 평당 1,000만 원에 팔았는데 지금은 평당 2억 원이 넘는다고 한다. 그리하여 IMF 외환위기를 겨우겨우 넘겼다.

그때 막내 성근이가 미국에서 MBA를 마치고 돌아왔다. 하루는 내 사무실로 올라와 "아버지 또 증권 사셨어요?"하고 묻는 것이었다. "본전 생각나서 샀지"하고 성근이의 표정을 보았더니 흔히 말하는 사색이었다. 나 혼자 생각하니 이 무모한 짓을 왜 하고 있는지, 자식이 아비를 나무라는 일을 왜 하고 있는지 한심스러운 기분 이 들었다.

인생이 한길만 걸어도 무엇이 될까 말까 한데 닥치는 대로 달려들었으니 지금 생각해도 무모하기 이를 데 없 는 사람이다.

대학을 몇 번 떨어지고 고등고시 합격으로 다시 일어 섰고 기업을 하면서도 여러 번 부도 문 앞까지 갔다 일 어섰다. 2013년 기준 약 2,000억 원 매출을 올리고 있고 동경담배상사(TTS)도 일본인 직원만을 데리고 40억 엔의 매출을 달성하고 있으며 또 50여 개국으로의 수출 액이 연간 7,000만 달러에 달한다. 아이들이 밤낮 가리 지 않고 세계를 뛰어다니고 국내에서는 현장을 자주 내 려가 직원들과 한 가족처럼 의논하고 최선의 길을 찾는 모습을 보며 대견스럽고 가슴 벅찬 희망을 느낀다.

그러나 나는 한 번도 남보다 잘났다거나 뛰어나다고 생각한 때가 없었다. 대학을 두 번 떨어지고는 '이제 나는 구렁텅이로 빠져 들어간다'고 생각하였고 공직을 그만둔 후에는 전화를 걸 때는 손수 다이얼을 돌렸지 누구를 시켜서 건 일이 없는 아주 평범한 소시민으로 살아왔다. 나를 대하는 많은 사람이 관직을 한 것 같지는 않다고들 한다.

공무원 하던 시절에는 와우아파트 사건으로 산 1,000평 이상의 땅이 있었고 그 이후에도 땅을 조금씩 팔아 돈이 아쉬운 적은 없었는데, 요즘에는 개인적으로 돈이 없어 전셋값은 오르는데 아이들 전세 마련할 돈이 모자라 팔다리에 힘이 빠질 때가 많다.

스파박스라는 체육시설을 세우려고 마음먹은 다음에는 국내는 물론이고 미국, 일본의 많은 체육시설을 둘러보았다. 국내에는 뚝섬 경마장 안에 서울시 출신 '시우회'가 하는 골프연습장이 있었고, 우리 체육시설 바로 옆인 등촌동에도 강변 골프장과 양평 골프장이라 하는 것이 2개나 있었다. 그들과의 경쟁에서 이기려면 훨씬 좋게 지어야 했다. 그래서 1990년도 초반에 건설비만 200억 원 가까이 투자했다. 물론 건설업자에게 속기도 했다.

직업을 바꾸는 것은 신중해야 한다고 생각한다. '공직에서 물러난 사람의 돈을 먼저 보는 사람이 임자'라고 하는 이야기도 있지 않은가. 예를 들어 공직에 종사하던 자가 장사를 한다고 하자. 이것이야말로 모험이다. 왜냐하면 근본적인 바탕이 다르기 때문이다.

인간이 살아감에 있어 무슨 일을 하든 경쟁하지 않고는 살아갈 수가 없지 않은가? 그런데 경쟁에 있어서 그 형태와 성질이 다르다. 공직에 있어서의 경쟁은 자신의 지식과 성실성과 창의성, 윗사람을 알아보는 도덕성 등이 기본이라고 한다면 기업의 경쟁은 생사를 걸고 하는 무한 경쟁이라고 할 수 있다.

바로 전쟁이다. 정해진 범위 안에서 경쟁하는 것과 황야에서 약육강식하듯 하는 경쟁은 용어만 같은 경쟁이지 그 내용은 전혀 다른 것이다.

경쟁을 어기는 담합이라든가 기타 어떠한 형태이든 경쟁을 저해하는 행위를 가장 엄격하게 처벌하는 나라는 첫째 독일이고, 둘째는 미국, 셋째는 서구라파 제국 및 일본 등 자본주의 선진국이라고 한다.

나는 경쟁에서 이겨야만 기업이 살아남을 수 있다는 사실을 기업을 시작할 때는 몰랐고 그냥 무모하게 뛰어들었으니 지금 생각해도 살아남았다는 것 자체가 신비스러울 뿐이다.

여하튼 경쟁하지 않고는 살 수 없다. 선진국에서는 성년이 되면 부모 곁에서 떠나보내서 홀로 설 수 있게끔 하는 것도 그런 원리에서일 것이다. 하등 동물도 젖만 떨어지면 아비, 어미를 모르게 만든 것도 자연의 섭리가 아닌가.

2

옛일을 회상하고 아버지, 엄마가 보고 싶기도 하여 옛날에 살던 회기동 집을 찾았다.

10년이면 강산이 변한다더니 70년 전의 집을 찾는 다는 것은 크게 어리석은 짓이어서 어디가 어딘지조차 모르게 변해 있었다. 내가 다니던 청량국민학교는 남아 있기는 한데 2층으로 변하였고 운동장도 그 당시보다는 훨씬 좁아진 것 같았다.

운동장에 혼자 우두커니 서서 옛일을 생각하니 나도 모르게 눈물이 주르르 흘렀고, 국민학교에 같이 다니던 친구들을 찾고 싶었지만 가당치도 않은 일이어서 되돌아서고 말았다.

어머니 이야기를 좀 해야겠다.

보고프고 그리운 우리 어머니.

고시에 합격하고 군법무관 생활을 했을 때는 아주 젊

은 시절이었다.

아버지가 돌아가신 이후부터 새벽 1~2시면 반드시 일어나 정화수 떠 놓으시고 우리 아들 무병장수하게 해 달라고 두 손 모아 비시던 그 어머니의 정성도 아랑곳 없이 결혼하고 아이 낳고 하다 보니 어머니 정성의 백분의 일, 아니 만분의 일도 신경 써 드리지 못했다.

관세청 감시국장으로 일하던 때 친구들과 운동을 하고 돌아오니 어머니께서 몹시 편찮으시다고 하였다. 어머니는 나를 걱정시킬까 봐 절대 말하지 말라고 하셨단다. 어머니 방에 들어가니 어머니가 쪼그리고 누워 계시는데 얼마나 쪼그라들었는지 한 줌밖에 되어 보이지 않았다. 나도 가슴에 멍이 든 것처럼 가슴이 아파 왔다.

"엄마, 병원으로 가십시다."

"괜찮아, 이러다 낫겠지."

"아니야, 병원에 가야겠어."

억지로 평소 친분이 있던 장충동 약수병원으로 모셔 가서 입원시켰다. 나는 며칠 동안 들락거렸는데 하루는

어머님 아프실 때 모습

원장님께서 내가 할 수 있는 일은 다 해 봤는데 차도가
없으니 큰 병원으로 가라고 하였다.

　병실에서 다 나가라고 하고 어머니를 벗겨 보았다.
아랫도리가 시커멓게 썩어 올라오는 것이 보였다. 혈액
순환이 안 되는 것이었다. 나는 눈물도 나지 않아 꿇어
앉아 말했다.

　"엄마, 엄마, 내가 잘못했어. 이것을 어떻게 하면 좋

지?"

"아니야, 나는 많이 살았어. 네가 그러면 난 몸도 아프고 마음도 아파."

나는 빨리 큰 병원으로 가야 한다는 생각에 부랴부랴 경희의료원으로 옮겨 진찰을 했더니 심근경색이라 하였다. 경희의료원에서 내로라하는 의사들이 다 모였다. 그들의 표정을 보니 그 당시의 의술로는 치유할 수 없다는 결론을 내리는 것 같았다. 할 수 있는 것은 통증을 조금 덜어주는 치료뿐인 것 같았다.

그날부터 엄마 곁에 붙어 있었다. 그러나 차도는 없었다. '다른 병원으로 갈까? 능력이 부족하지만 무리해서라도 미국에 모시고 갈까?' 별의별 생각을 해보고 의사들과 상의해 봤으나 뾰족한 결론은 없었다.

어머니가 병원에 계실 때 신부님과 기도라도 드리고 싶어 김정수(레오) 신부를 모셔 왔다. 기도를 하시는 중에 앞에 걸려 있는 컴퓨터를 보니 박동을 하다가 한 줄로 쭉 가는 것이었다.

세상을 떠났다는 표시였다. 옆에 있던 누님은 몸부림 치며 통곡을 하고 신부님 눈에서도 굵은 눈물방울이 떨어졌다.

시신을 집으로 다시 모셔와 장례를 치르는 것은 그리 좋은 것이 없다는 관습 때문에 집 밖에서 수명을 달리 한 분을 집으로 다시 모시는 것은 거의 금기로 생각하여 주위에서 극구 말렸지만, 나는 어머니와 병원에 있는 것이 싫었다. 어떻게 되었든 정릉에 있는 내 집에, 어머니가 계시던 어머니 방으로 가고 싶은 마음뿐이었다. 그 뜻을 병원에 전달하여 어머니를 모시고 어머니 방으로 돌아왔다.

어머니는 말이 없었다. 그때부터 나는 어머니를 부둥켜안고 한없이 몸부림쳤다. 한평생 나만을 무병장수하라고 비시던 어머니가 내 곁을 떠나다니 상상도 못 해본 일이 내 앞에 현실로 나타난 것이다.

장례 준비가 시작되었다. 상주는 나밖에 없어 집을 비울 수가 없었다. 장지를 내가 정하였으면 좋겠는데 그럴 수가 없었다.

수원에 장기간 근무하였으므로 수원 근처에 모시고 싶었다. 고향으로 모시자고도 했는데, 누나가 왔다 갔다 하더니 포천 천주교 공원묘지에 괜찮은 자리가 있으니 그리로 정하자고 했다. 내가 자주 찾아볼 수 있을 만큼 가깝고, 김 레오 신부님의 눈물이 그렇게 고마울 수 없어 포천 천주교 묘지에 모시기로 하였다.

장례 날 어머니를 땅에 묻고 돌아오는 길이었다. 의정부와 포천 경계에 군인 검문소가 있는데, 그 검문소를 지나면 의정부 쪽으로 내려오는 내리막길이 있다. 내 나름대로는 며칠 상주 노릇 한다고 피곤했는지 자동차 뒷좌석에 기대어 눈을 감고 그 내리막길을 내려오는데 천길만길 지옥으로 떨어지는 느낌이었다.

벌떡 일어나 '엄마를 산에 두고 나 혼자 집에를 어떻게 가나' 하고 생각하니 온몸에 쥐가 난 듯 떨리는 것이었다. 집에 돌아왔는데 그날 밤 비가 많이 왔다. 이 비를 다 맞고 산에 혼자 있을 어머니 때문에 잠을 잘 수가 없었다.

바람이 불어도 진눈깨비가 날려도 어머니 걱정 때문에 잠 못 이룬 것이 한두 번이 아니었다. 그 후 1년 동안은 일요일마다 눈이 오나 비가 오나 춥거나 덥거나 하루도 빠짐없이 아내와 아이들 넷을 데리고 어머니 곁에 가 있다 돌아와야 마음이 편하였다.

그 몇 년 후에 알프스 산을 한 달 동안 돌아다녔다. 가는 곳마다 눈물이 앞을 가렸다. 그 불쌍한 엄마와 여기 한번 같이 올걸. 지구상 여러 군데 다니면서 엄마 생각에 많이도 슬퍼했다.

돌아가신 후 얼마 지나서 어머니가 쓰시던 장을 정리하다가 어머니 한복 윗저고리 안에서 내가 쓰시라고 드린 10만 원짜리 수표 세 장이 깨끗이 감춰져 있는 것을 발견하였다. 쓰셔도 되는 돈인데 아들이 준 것이라 아까워서 못 쓰신 것이다. 그 돈을 발견하였을 때 가슴이 먹먹하였다. 훗날 포천 천주교 공원묘지에 있는 어머니를 아버지와 나란히 고향 선산으로 이장할 때, 처음 넣어 드렸던 성경과 함께 어머니 산소에 넣어 드렸다.

포천 공원묘지에서 아버지가 계시는 고향 선산으로 어머니 묘를 이장할 때 무덤을 파헤쳐 보니 관이 있는 자리는 깨끗하였다. 관 뚜껑을 여는 순간 어머니의 유골이 나타났는데 나도 모르게 "엄마" 하고 불렀다. 두개골이 어머니 모습 그대로였기 때문이다. 그 유골을 자동차에 실어 내 좌석 옆에 놓고 상주까지 가서 상주 호텔에서 하룻밤을 잤다. 잘 때도 내 옆에 유골을 두었는데 나도 팔순의 9부 능선을 넘었으니 어머니와 이 세상에 같이 있었던 마지막 날이라고 기억하고 싶다.

합장하기 위하여 아버지 묘소를 파헤치니 물 위에 아버지 다리뼈가 둥둥 떠다니고 있었다. 해발 1,000미터는 안 되어도 상당히 높은 곳이고 그때로서는 지관을 데려다 지세도 보고 명당이라 하여 모셨는데 사람 무릎 정도 물이 차 있었다. '얼마나 시리고 추우셨을까' 하는 생각으로 앞이 캄캄하였다. 두 분 다 다시 화장을 하여 깨끗이 모셨으니 이제는 편안하시리라 믿는다.

이 글을 쓰는 도중에 하나밖에 없는 우리 누이도 세상을 떴다.

어렸을 때 가운데 담 하나 치고 같이 살자 했던 우리 누이. 피난 생활을 청산하고 서울로 둘이서 올라오는데 어머니 모습이 안 보이니까 그렇게 목 놓아 울던 생각이 나고 불쌍하고 내가 정성을 듬뿍 쏟지 못한 것이 한스러워 스스로를 원망하며 많이 슬퍼했다.

명예도 얻고 재산도 갖고 권력도 좀 챙기려는 그 욕심 때문에 이 길도 갔다, 저 길도 갔다, 허둥댔던 것 같다. 삶에는 내가 컨트롤할 수 있는 부분도 많지만 컨트롤하지 못할 부분도 많아 내 멋대로 살다 보니 여기까지 왔다.

여러 곳에서 만난 정다운 사람들은 다 어디로 가고 보이지 않아 한없이 그리워진다. 인생은 정해진 멜로디가 없기 때문에 그때그때 상황에 따라 자기 갈 길을 갔을 것이다. 그 멜로디가 재즈처럼 뒤엉키지 말고 바흐의 선율처럼 조용히 흘러갔거나 흘러가고 있기를 두 손

모아 기원한다.

모두 행복하게 살아야 할 텐데….

하다못해 우리 첫째 손주 놈이 개를 기르는데 이름을 행운이라고 지었다고 한다. 혼자 생각에 행복이나 행운이 찾아오라고 지었겠구나 싶으면서도 어처구니없었다.

행복, 행운이라는 것이 신발가게에 늘어놓은 신발처럼 그렇게 흔한 것이 아닌데….

사랑이라는 말을 많이 쓴다. 그러나 사랑이라는 것은 우리가 생각하는 것처럼 그렇게 흔하지도 않고 쉽게 찾아오는 것이 아닌 것 같다. 마음 한가운데서 불을 뿜듯 뜨겁게 달아올라야 하고 세상 무엇과도 바꿀 수 없어야 하며 있는 것 몽땅 다 주어도 조금도 아깝지 않아야 한다. 사랑은 자연히 마음속에서 우러나야지 애써서 노력한다고 되는 것은 아닌 것 같다.

나는 매주 주말 미사에는 거의 참석한다. 미사 도중 신부님께서 평화의 인사를 나누라고 말씀하신다. 그 평화는 전쟁과 반대되는 평화는 아니다. 마음의 평화를 뜻하는데 이 또한 사랑 못지않게 어려운 것이라 믿는다. 나 아닌 제삼자가 누가 되었든 미워하거나 질투하거나 분노하거나 서운해하거나 하는 마음은 마음의 상처를 주는 것들이다. 마음의 상처는 곧 평화가 깨지는 것이고 평화가 깨지면 모든 것이 뜻대로 안되고 허물어지고 만다.

평화를 빈다고 하여 평화가 곧바로 찾아오지도 않는다. 평화를 되찾으려면 오랜 시간과 노력과 지독한 인내가 필요하다. 그러나 마음의 평화는 인간 삶의 척도일 뿐 아니라 인간의 행복지수와도 비례하기 때문에 반드시 찾아와야 한다. 평화를 깨트린 것들을 제거해야 하기 때문에 많은 수양이 필요하다. 사랑, 평화, 행복. 꼭 필요한 것이고 귀중한 것이기 때문에 마음속 깊이 간직하고 살기 위해서는 끊임없는 노력과 수양이 뒤따라야 한다.

사람 사는 모습을 깊이 자세히 들여다보면 누구에게

나 어두운 그림자는 있게 마련이다. 그저 큰 비극 없이 일상적인 삶만 살아도 우리는 그것을 보고 행복하게 산다고 하지 않는가?

나를 보고도 행복하게 살았다고 하는 것 같다.

3남 1녀에 손주가 일곱이다. 다들 무사하다.

내일이 81세니 3만 일 가깝게 살았나 보다. 매일 매일이 한 편의 영화요, 연극이었으니 3만 개의 영상을 편집만 할 수 있다면 볼만할 것도 같다.

이 모두가 하느님의 은총과 자비라 생각한다.

성경의 시편 한 구절을 소개한다.

"천하의 범사가 기한이 있고 모든 목적이 이룰 때가 있나니 날 때가 있고 죽을 때가 있으며 심을 때가 있고 심은 것을 뽑을 때가 있으며 죽일 때가 있고 치료시킬 때가 있으며 헐 때가 있고 세울 때가 있으며 울 때가 있고 웃을 때가 있으며 슬퍼할 때가 있고 춤출 때가 있으며 지킬 때가 있고 버릴 때가 있으며 잠잠할 때가 있고 말할 때가 있으며 사랑할 때가 있고 미워할 때가 있느니라. 그러나 하느님의 하시는 이 일의 시종은 사람으로서는 측량할 수가 없다."

나는 아침 기도를 이렇게 한다.

하느님 감사합니다.

모든 것이 하느님의 뜻이옵니다. 도움 없이는 무엇도 이룰 수 없사오니 도와주옵소서.

성령을 믿으며 부활을 믿습니다.

아멘.

어머니의 비석에 쓴 나의 비문을 소개한다.

어머니는

1914년 음 9월 26일 경북 상주군 외남면 흔평리에서 태어나셨습니다.

18세 때 아버지(송대석)와 결혼 영희 태진 남매 두어 네 식구 서울 청량리 밖 회기동에 살았습니다.

37세 되는 해 봄에 아버지 잃고 세 식구 살았습니다.

외로움 슬픔 괴로움 모두 이기고 일어서 오직 남매만을 위해 신앙과 신념 속에서 저를 고등고시에 합격시키고 남매 성혼시켜 여섯의 손자 손녀 두어 깨끗하고 보람된 59년의 삶을 사셨습니다.

비가 세차게 내리던 1972년 8월 7일 오후 5시 5분 전 미련도 후회도 또 한마디 말씀도 없이 우리 모두 몸부림치는데 아름다운 모습 그대로 천주의 품에 안기시었습니다.

못다 한 쓰라림 미치도록 그리움 이기고 일어서 옳고 착한 일 하여 그 뜻 이어가고자 우리 모두 여기 고개 숙였습니다.

어머니 얼 영원히 제 곁에 계시고 제 마음 언제나 어머니 곁에 와 있습니다.

1972년 9월 10일

태진 씀

공직公職15년
제조업製造業 37년

초판 1쇄 2016년 6월 24일

지은이 송태진
펴낸이 전호림 **제3편집장** 고원상 **담당PD** 신수엽 **펴낸곳** 매경출판㈜
등 록 2003년 4월 24일(No. 2-3759)
주 소 우)04557 서울시 중구 충무로 2(필동1가) 매일경제 별관 2층 매경출판㈜
홈페이지 www.mkbook.co.kr
전 화 02)2000-2610(기획편집) 02)2000-2636(마케팅) 02)2000-2606(구입 문의)
팩 스 02)2000-2609 **이메일** publish@mk.co.kr
인쇄·제본 ㈜M-print 031)8071-0961

ISBN 979-11-5542-486-5(03810)
값 13,000원